La naturaleza secreta
de las cosas
de este mundo

Patricio Pron

La naturaleza secreta de las cosas de este mundo

EDITORIAL ANAGRAMA
BARCELONA

Ilustración: «Tobey Pond (2015)», de la serie *Family Car Trouble*, © Gus Powell, 2023/Cortesía de Micamera Milano Gallery

Primera edición: octubre 2023

Diseño de la colección: Julio Vivas y Estudio A

© Patricio Pron, 2023
   CASANOVAS & LYNCH AGENCIA LITERARIA, S. L.
   info@casanovaslynch.com

© EDITORIAL ANAGRAMA, S. A., 2024
   Pau Claris, 172
   08037 Barcelona

ISBN: 978-84-339-1118-6
Depósito legal: B. 11497-2023

Printed in Spain

Romanyà Valls, S. A.
Verdaguer, 1, 08786 Capellades (Barcelona)

Vivimos en casas, en ciudades quemadas de arriba abajo como si aún estuvieran en pie, la gente finge vivir allí y sale a las calles enmascarada entre las ruinas como si aún fueran los barrios familiares de antaño.

Cuando la casa se quema,
GIORGIO AGAMBEN

Si alguna vez la búsqueda de una creencia
[tranquila acabara,
el futuro podría dejar de surgir del interior
[del pasado,
del interior de aquello que es profuso en
[nosotros. Pero la búsqueda
y el futuro que surge del interior de nosotros
[parecen ser una y la misma cosa.

Ideas de orden,
WALLACE STEVENS

Tengo la sensación de que jamás podría volver a abrir la boca si no me ocupara antes de esto.

El hundimiento,
HANS ERICH NOSSACK

OLIVIA BYRNE

Va a chocar, va a perder el control del automóvil y va a embestir las vallas que separan la carretera del bosque y de los secretos que éste oculta, pero Olivia aún no lo sabe; no tiene idea de lo que va a sucederle en un momento, cuando un recuerdo de una intensidad desusada la asalte, rompa sobre ella como una ola y la arrastre consigo. Un instante atrás se preguntaba si el parche de sombra a su derecha era el del Lowes Park o el del parque junto al lago que se encuentra algo más al sur y que ella tiende a confundir con el primero cuando baja a la ciudad desde Ramsbottom, el pueblo donde vive desde hace algo más de un año; si lo hace por la mañana, como en este caso, cuando la niebla no se ha disipado todavía y las casas de los suburbios y los automóviles son luces abisales, envueltas en una oscuridad pegajosa, tiene la impresión de que todos ellos son pequeños escenarios en los que se dirimen pleitos no del todo intrascendentes y expresados en la música nunca banal de un lenguaje compartido, y se dice que, movida por la curiosidad, ella podría acercarse a sus actores hasta casi tocarlos sin que ellos notaran su presencia porque la luz que los recorta de la negrura, exponiéndolos más de lo que podrían imaginar, ha sido concebida para que sean vistos y no vean, para que el papel que interpretan, y sus demandas, los distraigan de la existencia de otros actores y de otros papeles y de quienes, como Olivia, habitan en la oscuridad que los rodea y piensan en este momento en oscuridades semejantes, preguntándose si son las de un parque u otro.

Ramsbottom no supera los veinte mil habitantes y solía ser la cabeza del distrito en el que se encuentra antes de incorporarse al área metropolitana de la ciudad hacia la que Olivia se dirige; sus habitantes tienen por costumbre arrojar huevos duros colina abajo, cazar aves neognatas y participar de competiciones de lanzamiento de productos cárnicos. Olivia, por su parte, tiene treinta y tres años de edad y ya ha vivido en más de una docena de sitios: en Swinton, con dos amigas; en Reddish, sobre una tienda del Ejército de Salvación, con un novio; en Withington, no muy lejos del hospital donde nació; en casas ocupadas ilegalmente en Eccles, en Princess Street, en Levenshulme, en Longsight, en Moss Side; en el taller de su madre, en una callejuela llamada Back Piccadilly, durante algunos meses; en los bajos de una tienda de alfombras con dos jamaiquinos, en Broughton; en el apartamento minúsculo cerca del teatro de Chorlton-cum-Hardy en el que actuaba cuando una pandemia condujo al cierre de la sala; en Bury. Unos meses después del comienzo de su relación, su novia le rogó que se mudase con ella a este último lugar porque estaba harta de tener que atravesar la ciudad para verla; pero las cosas entre ellas no funcionaron del todo, tal vez porque la novia también era actriz, quizá por provenir del sur —y sentirse personalmente atacada por las características de la pronunciación local, todos esos sonidos que los habitantes de la región tienden a tragarse a mitad de una palabra para escupirlos al final de ella, que Olivia exageraba en ocasiones para provocarla– o, más probablemente, piensa, porque las necesidades profundísimas que ésta tenía, y que Olivia no podía satisfacer, excepto, tal vez, de manera provisoria, se parecían mucho a las suyas y eran producto de sus propias pérdidas, que la novia había tratado de compensar sin entender del todo después de que Olivia consiguiese hablarle de ellas, como si también aquí el desconocimiento de las motivaciones de su personaje fuera la garantía última de la actuación excelente, la que es tan sólo superficie. «¿Qué vas a hacer hoy?», le había preguntado Olivia cuando se conocieron, y la otra había respondido: «Algo de lo que pueda acabar arrepintiéndome»; desde entonces, la frase era habitual en sus conversaciones y, quizá, el momento de mayor sinceridad del día. Una noche en que la novia insistía en que Olivia la acompañase a una de esas fiestas ilegales que surgieron durante algunos meses como flores pestíferas en cada pequeño solar vacío, y Olivia se negaba, se produjo una pelea algo más dura de lo habitual, hubo gritos, una confesión, varios empujones, un portazo. La novia regresó dos días más tarde, cuando la policía se las arregló para desbaratar la fiesta, pero, para entonces, el temor a una nueva privación y la confesión de la novia habían activado en Olivia el viejo mecanismo de la huida –que no evita la pérdida del otro pero invierte los términos entre quien abandona y quien es abandonado, entre quien se va y quien permanece– y ella ya había tomado la decisión de marcharse, en lo posible, a algún sitio donde no hubiera vivido antes. Ramsbottom está a sólo unos minutos de Bury y lo rodean páramos y marismas. Como todas las personas, Olivia tenía la impresión de que había perdido algo, pero ya no recordaba qué: como muchas, sentía una profunda añoranza de los cielos despejados. No era naturaleza lo que deseaba, ya que sabía —a más tardar, desde que su madre comenzara a interesarse por esos asuntos— que no hay nada que podamos seguir llamando así excepto una ficción restitutoria, una ideología; lo que añoraba era un paisaje que no hubiera sido radicalmente modificado aún. En una ocasión había escuchado que los austríacos llaman al horizonte «la televisión de los idiotas»; pero, como a otros, la imposibilidad de contemplarlo en la ciudad, de dejar caer la vista sobre una especie de espacio no interrumpido por los edificios —o, peor aún, abortado por los muros de las casas vecinas, por las trazas de las autovías y de las calles, por los carteles luminosos de las tiendas y por el humo—, había creado en ella una enorme nostalgia del paisaje. Y Ramsbottom, pensó, era sólo paisaje, posibilidad, la liberación de las fuerzas y de los impulsos tras un largo período de parálisis.

En parte debido a las restricciones de los años anteriores, pero también a raíz de su distanciamiento —que ninguna de las dos ha sabido cómo solucionar, y que, por consiguiente, sólo ha crecido más y más durante ese período—, su madre nunca la ha visitado en Ramsbottom, ni siquiera después de que Olivia tratase de convencerla hablándole de la belleza de las marismas de la zona; según su madre, las marismas son un enorme moridero en el que las personas son asesinadas y arrojadas a las aguas desde tiempos prehistóricos. Olivia sabe que su madre tiene razón, pero se dice, mientras conduce, que no tiene toda la razón, y que las marismas son también otras cosas que ella ha ido

12

descubriendo poco a poco, en sus caminatas del último año y medio; en especial, que son algo así como un espejo, en el que quien se refleja contempla su verdadera naturaleza y algunos de sus temores; a la madre, por supuesto, las marismas sólo le recuerdan la desaparición del padre, unos años atrás, pero cuántos. Un instante antes de romper a llorar, Olivia recuerda que son diecinueve, casi veinte años desde la desaparición de su padre; ella tenía catorce años –iba a cumplir quince, como en breve cumplirá o cumpliría treinta y cuatro años, unos días después de que pierda el control de su automóvil y choque contra las barreras de la autopista, en un descuido del que las autoridades tendrán mucho que decir aunque no lo comprendan– y dos años antes habían caído unas torres en Nueva York dando comienzo a nuevas guerras y a un período de incertidumbre en el que libertades largamente acariciadas habían sido restringidas y reemplazadas por otras, a menudo también necesarias, pero que soslayaban las diferencias de sexo y de clase entre las personas sin cuya consideración las nuevas libertades resultaban inútiles y meramente cosméticas. Durante algunos meses, la posibilidad de que su padre estuviera en las marismas, vivo o muerto –y en este último caso por haber sido asesinado, a consecuencia de algún accidente o por quitarse la vida–, hizo que los policías destinasen la mayor parte de sus esfuerzos a «peinar la zona», una expresión que a Olivia siempre le ha parecido singular, preñada de equívocos y de implicaciones llamativas.

Pero su padre no fue encontrado allí, entre los cadáveres que las marismas arrojaron durante aquel período permitiendo la evocación por parte de la prensa de la época dorada de la mafia de la ciudad, de los sacrificios humanos que los primeros habitantes de la región parecen haber practicado, no se sabe si con el consentimiento de sus víctimas o sin él, o de la época, algo menos celebrada, de las peleas entre bandas que se producían continuamente en la ciudad cuando ella era adolescente, y de cuyas víctimas –un joven que Olivia había conocido, que trabajaba en una lavandería; el novio de una amiga; alguien con quien había vivido en una casa ocupada años atrás; el amigo de un conocido que había defendido a dos jóvenes negras en un autobús nocturno antes de ser arrastrado fuera del vehículo por los agresores y desaparecer– a veces le llegaban noticias sin que Olivia se sintiese nunca del todo afectada, ya que su dolor y la profunda sensación de irrealidad que había dejado la desaparición de su padre, que sólo remitirían lentamente, con los años, era demasiado grande para percibir siquiera que competían con ella acontecimientos trágicos que en otras circunstancias podrían haber ocupado su lugar y que, de hecho, ocupaban ese lugar en las vidas de personas no muy distintas a ella y a su madre –quien, por otra parte, parecía haberse prohibido a sí misma, desde el primer momento, exteriorizar cualquier señal de dolor, incluso de duelo–, personas que habían perdido a alguien para, a continuación, tener que seguir viviendo, pero ahora con una ausencia y con un enigma, con un enorme «qué hubiera pasado si...» presidiéndolo todo. Naturalmente, las marismas continuaron arrojando cadáveres durante los años posteriores a la desaparición de su padre –así como pequeñas hachas y colgantes y botas de goma, neumáticos y a veces restos de animales, todo ello en una refutación tácita de la supuesta linealidad del tiempo–, pero entre ellos nunca estuvo el de su padre, de modo que su historia continuó abierta, para Olivia en no menor medida que para las autoridades, alimentándose de todas las posibles explicaciones a su desaparición, esas ideas suicidas que se le atribuyeron y las interpretaciones de su obra y de cosas que dijo o pudo decir y que tal vez no admitían interpretación alguna, excepto la más simple. Pese a ello, su madre parece haberse aferrado a la idea, posiblemente no del todo infundada, de que los policías no hicieron bien su trabajo y de que el cuerpo de su padre sigue en las marismas; su rechazo a la propuesta de visitar a la hija en Ramsbottom tenía que ver con ello, por supuesto, así como con la posibilidad, no menos importante, de que el padre no yaciera allí y de que la madre se diera cuenta de ello, de alguna manera misteriosa, al visitar las marismas, y que la constatación de su error supusiese, a su vez, una prueba de que los últimos diecinueve años de su vida, y las cosas que hizo y las decisiones que tomó durante ese período, carecen de todo fundamento y de toda validez, basados como están en un juicio erróneo. «No hay ninguna razón para volver sobre el tema», le dijo su madre en una ocasión, en el período en el que Olivia aún creía poder compartir con ella un dolor para el que su madre —que por entonces debía de estar proyectando su primera exposición tras la desaparición de su marido, en la que éste tendría una participación breve pero necesaria— no la había preparado y que quizá, por su parte, ni siquiera sentía, reacia como era a sentir cualquier cosa que no pudiera comprender y, por consiguiente, controlar.

Olivia hubiese querido estar de acuerdo con su madre en ese aspecto, se dice. Y, sin embargo, existían por entonces varias razones para volver sobre el tema, comenzando por la más importante, la de que seguía siendo necesario averiguar qué había sucedido, qué le había pasado a su padre la mañana en que desapareció, según los policías, aparentemente –pero sólo «aparentemente», insistían– por su propia voluntad; de modo que las marismas son, para la madre, piensa Olivia, algo así como una metáfora y tal vez un sitio del que poder afirmar que en él concluye una historia, o, al menos, terminan las razones para continuar pensando en ella, incluso aunque la historia prosiga en otros lugares y, en no menor medida, en la vida de la hija, quien ve en las marismas algo muy distinto de lo que parece ver su madre: ve un sitio en el que se hunden las cosas y en ocasiones vuelven a emerger y nuestra condición feral se expresa sin los disimulos de las ciudades y de la historia, de la ficción de un mal menor –puesto que ningún mal es «menor» que otro– y de los modales que cultivamos y que, al interponerse entre nosotros y los demás, nos preservan de sus secretos al tiempo que –es claro– los protegen a ellos de los nuestros.

Un tiempo atrás Olivia interpretó una pieza acerca de esa condición feral, que se manifiesta especialmente en las vidas de los niños lobo y de todos los niños que por una razón u otra fueron criados por animales y «rescatados» más tarde. Olivia recuerda algunos de los casos, que le contó el dramaturgo que escribió la obra, un joven de Burnley que años después dio el «salto» a los escenarios londinenses con relativo éxito. (Pero no con aquel texto y gracias en buena medida a que escribió otras piezas que ofrecían una imagen más conciliadora y menos inquietante de la naturaleza humana; que ofrecían, como todo lo que la sociedad tiende a celebrar como «disruptivo», «rompedor», tal vez «duro», una imagen ligeramente inquietante y bastante dolorosa de la naturaleza humana que, sin embargo, dejaba lugar a la ficción de una posible enmienda y, más a menudo, a cierta esperanza, o a una u otra forma de reparación: piezas teatrales que permitían aceptar el carácter indefectible de la crueldad y de la muerte y, al mismo tiempo, reconciliarse con ellas y perseverar en las causas que las provocaban tras terminar de asistir a la función; que hacían posible, incluso, cenar a continuación en algún sitio con la seguridad de quien, habiendo vislumbrado lo que cree que son las simas de la existencia humana, ha salido indemne de la experiencia y sin haber aprendido nada, cosa que sólo es posible, piensa Olivia, si esas simas no son tales, son su imitación o su remedo y las sustituyen.) Pero no había aún sustitución ni paños tibios en su primer texto teatral, en la pieza en la que Olivia actuó y por la que prefiere recordarlo, así como por el breve período en el que estuvieron juntos: un romance, esta vez, poco feral y no especialmente intenso que Olivia admite que fue producto de la incapacidad que tenía por entonces a la hora de poner límites entre la actuación y los otros papeles que interpretaba, entre la actriz que se desnudaba en un escenario y la mujer que lo hacía un par de horas después en una habitación, esta vez ante un público, por lo general, más reducido. «Los que nacimos en las últimas décadas del siglo XX somos todos niños ferales. No hay lugar en el mundo para nosotros. Ni segundo acto en el drama de nuestras vidas», solía decir por entonces aquel dramaturgo, cuya deriva posterior puso de manifiesto, sin embargo, que él no pretendía en absoluto terminar como sus niños ferales, sino que podía y, de hecho, iba a encontrar su lugar en el mundo gracias a su habilidad para insinuar la transgresión evitándola.

La pieza estaba inspirada en la vida de Marie-Angélique Memmie Le Blanc, la famosa «niña salvaje» de Songy, a quien los habitantes de un pueblo de la Champaña descubrieron en septiembre de 1731 rondando descalza, cubierta de harapos y de pieles de animales, en busca de agua; tenía alrededor de diecinueve años de edad y es posible que llevase unos diez ocultándose en los bosques, alimentándose de raíces y carne cruda: al prohibirle continuar comiéndolas, los médicos contribuyeron decisivamente a los problemas estomacales que la perseguirían el resto de su vida, así como a su debilitamiento, que propiciaron, puesto que consideraban –al igual que muchos hombres y algunas mujeres en la actualidad, decretado ya el final del período en el que se formó su madre y al que ésta aún se aferra, un período en el que las mujeres pretendían ser juzgadas por sus convicciones y por sus múltiples fortalezas y no por el daño que se les hizo y una incapacidad prescriptiva de superarlo– que ser mujer era, en esencia, ser débil. Internada en hospitales y en conventos, y desahuciada periódicamente, Le Blanc fue obligada a vivir de la caridad de los demás, lejos de los bosques que había convertido en su primer hogar y transformada en un fenómeno de feria que subsistía de la venta del libro que narra su historia. Según la autora de ese libro, «el tono de su voz era agudo y penetrante, aunque débil, sus palabras breves y tímidas, como las de un niño que todavía no conoce bien los términos para expresar lo que quiere decir». «No tenía memoria ni de su padre ni de su madre, ni de nadie en su país de origen, ni apenas de dicho país, excepto que no recuerda haber visto en él ninguna vivienda. [...] Un día que ella estaba en el castillo, y presente en una gran comida, observó que no había allí nada de lo que a ella más le gustaba, pues todo estaba cocido y sazonado, así que salió como un rayo, corrió por las orillas de fosos y de estanques y trajo el delantal lleno de ranas vivas que repartió a manos llenas sobre los platos de los convidados, diciendo, alegre de haber encontrado cosas tan buenas: "Toma, come. Come, pues. Toma", que eran casi las únicas palabras que podía articular.» Pero nadie apreció sus singulares dones, y quizá su único recuerdo agradable fuera, por lo tanto, el de la ocasión en que una princesa polaca visitó Songy y quiso que la acompañara a cazar. «Viéndose nuevamente en libertad y entregándose a su verdadera naturaleza», escribió la autora del pequeño opúsculo sobre su vida, Le Blanc «perseguía a la carrera las liebres o conejos que se levantaban, los atrapaba y, volviendo a la misma velocidad, se los entregaba» a la princesa como los niños todavía crédulos que piensan que, si dan algo a sus padres, éstos van a ofrecerles a cambio algo aún más valioso, por ejemplo su aprobación. Pero la princesa no le dio nada, excepto las pocas horas de placer en las que se le permitió volver a ser salvaje; un instante luminoso en la oscuridad del Siglo de las Luces que la mujer recordaría hasta el final de su vida.

Por alguna razón, Olivia se ha especializado en monólogos como el de la niña de Songy, y tiene la impresión de que éstos vienen a ella, por decirlo de algún modo: a veces son escritos por sus autores especialmente para que ella los interprete, pero en otras ocasiones se arrastran desde el pasado en busca de una voz como la suya, que les dé forma y orden; si bien ha actuado en otro tipo de piezas, y en algunas pequeñas películas de directores jóvenes del norte del país –así como en, al menos, dos performances–, los monólogos dramáticos le interesan más y le permiten actuar mejor, cosa que ella atribuye a la soledad que experimentó a lo largo de su vida, y que la desaparición de su padre multiplicó y convirtió en destino, y a la influencia de su madre. De todas las historias que leyó por entonces, mientras actuaba en la pieza acerca de la joven de Songy, la que más recuerda, en este sentido, es la de una muchacha capturada en un bosque cerca de Kranenburg, en 1717. Como los demás niños supuestamente criados por lobos, osos, leopardos, leones, babuinos, incluso cerdos y ovejas, de los que hablan las fábulas y los relatos tradicionales —pero también, más tarde, los historiadores y los periodistas, que los extrajeron del ámbito del mito antiguo para instalarlos en el de los mitos contemporáneos de la objetividad periodística y el rigor historiográfico—, la joven se desplazaba a cuatro patas, era sagaz, temerosa, rápida, comía raíces y frutos, dormía en lo alto de un árbol, en cuevas, no tenía historia. La habían robado diecisiete años antes en Amberes, según algunos. Y efectivamente, cuando la noticia se difundió en esa ciudad, una mujer que dijo haber perdido una niña diecisiete años antes sintió curiosidad o tuvo una intuición y se dirigió a pie a Kranenburg —a unos doscientos kilómetros de distancia, Olivia ya no recuerda la cantidad exacta—, afirmó reconocer en la joven a la hija robada y se la llevó con ella de regreso a casa. El relato no menciona el nombre de aquella mujer. No dice nada acerca de si su vínculo con la joven de Kranenburg era real. No habla acerca de la reacción de la supuesta hija al ver a la que tal vez fuera su madre. No revela si la mujer tenía esposo u otros familiares y, en ese caso, cuál pudo haber sido su actitud ante la niña extrañada. No hace referencia a la domesticidad para la que nadie había preparado a las dos mujeres y a la que éstas se arrojaron de inmediato, en cuanto volvieron al hogar. Sí narra que una vez, cinco años después de su captura, la hija y la madre regresaron al bosque donde se produjeron los hechos para que la hija le mostrase a su madre cómo y dónde había vivido tantos años, pero ésta se asustó tanto de la espesura y la oscuridad que las rodeaba que ambas regresaron de inmediato a Amberes. Olivia nunca supo qué vieron y por qué huyeron, pero puede imaginárselo porque tal vez ella también lo haya visto, en ocasiones distintas y sin contar siquiera con la proximidad de su madre, que tal vez sea incapaz de toda cercanía, excepto de una que sabe que hace daño a Olivia y que, por consiguiente —en lo que quizá sea una renuncia motivada—, trata de ahorrarle. No hay celebraciones de cumpleaños desde la desaparición de su padre —y los recuerdos de las anteriores ya no son precisos, como si, pasado un cierto período, a Olivia le resultase imposible recordar los años previos al acontecimiento o admitirse a sí misma que su padre pudo ser algo más que una ausencia en ellos, y que su madre estaba presente también y aún no había construido todos los muros a su alrededor que la aíslan y la protegen, protegiéndola de paso a ella— y, por lo general, la fecha se salda con una breve conversación telefónica en la que las dos mujeres se alternan para explorar la posibilidad de hablar de una fecha significativa sin que ni una sola palabra lo sea ni permita sospechar una segunda intención, cualquier tipo de profundidad, una encerrona. No hay más conversaciones sobre salidas de la ciudad y viajes que supondrían tener que hablar siquiera brevemente sobre el segundo marido de la madre. Y ésta nunca pregunta por las parejas de la hija, que tal vez considere intercambiables; continúa asistiendo a sus estrenos, pero nunca se queda demasiado tiempo tras la actuación y no suele hacerle ningún comentario ni parece esperar los de Olivia cuando ésta le dice que ha visto alguna de sus instalaciones o ha leído algún artículo sobre ellas. Nunca hablan del padre, y sólo dos veces en los últimos seis años la hija se atrevió a preguntarle acerca de él. Las visitas no son habituales tampoco; requieren una larga negociación que en la mayor parte de las ocasiones ambas llevan a cabo a través del correo electrónico porque su madre ya no usa teléfonos móviles. Sólo en una oportunidad recibió Olivia una visita inesperada de su madre, cuando aún vivía en Withington. «¿Qué es lo que te has hecho en el cabello?», le preguntó Olivia sin poder contenerse, en cuanto la vio. «¿Verdad que es horrible?», respondió su madre, y agregó, dirigiéndole la mirada desafiante y no exenta de misterio, y de un humor recóndito, indescifrable, que Olivia sabía que era el prolegómeno de su ataque: «Ya ves, siempre has sido mi inspiración, querida», en lo que –sonríe Olivia, con su mirada fija en la carretera y en el paisaje que ésta interrumpe– no mentía, ya que, por entonces, ella también tenía un corte de cabello desastroso, que la avergonzaría años después, cuando dejase de hacer de su aspecto personal una forma de agresión a sí misma y a los demás. La madre traía una caja de cartón repleta de naranjas, pero a Olivia nunca le han gustado, y acabó llevándolas a un comedor de la iglesia al día siguiente, sintiéndose profundamente culpable.

A lo largo de los últimos años, la obra de su madre ha ido apartándose de los temas del espacio y la experiencia que la caracterizaron en sus comienzos, en la década de 1980, pero no ha dejado de estar presidida –o, al menos, eso cree Olivia– por un distanciamiento esencial del que extrae buena parte de su fuerza; su primera acción, en 1981, a los veinticuatro años de edad, puso de manifiesto su deuda con el trabajo de Patricia Johanson y de Athena Tacha —y, en menor medida, con el de Dennis Oppenheim— y consistió en la proyección de una grabación de VHS en la que su mano izquierda realizaba determinados movimientos en el aire sujetando un lápiz; esos movimientos no tenían sentido excepto en cierta sala del museo de la universidad para el que la pieza había sido concebida: proyectada en una de las paredes de esa sala, la mano de la madre parecía trazar los contornos de los especímenes botánicos que se exhibían en ella sin que quedase claro, deliberadamente, si la obra artística consistía en el registro del gesto de realizarla o en la proyección, y si de esta manera los especímenes botánicos —cuya recolección, preservación y estudio habían sido prácticas muy populares en los siglos anteriores y tenían algo de artístico en sí mismas— pasaban a caer del lado del artificio, abandonando de esa forma una «naturaleza» de la que, en su momento, habían sido extraídos para su estudio y como casos ejemplares, o si eran los gestos que su madre realizaba, y que tan «naturales» parecían, los que mediante la proyección pasaban a formar parte de un modo específico de representación de la naturaleza; tampoco quedaba claro, también deliberadamente, si la pieza de su madre tenía algún tipo de valor por sí misma sin que se la proyectase sobre las imágenes botánicas. Una vez Olivia encontró un registro audiovisual de la acción: mostraba a los asistentes contemplando la proyección de la cinta de VHS sobre los especímenes botánicos, pero lo que a Olivia más le gustó fue que los trazos de la mano izquierda de su madre —que parecían ser aleatorios, completamente casuales— mostraban una mano joven y fuerte a la que las suyas se parecían un poco, pese a todo.

Unas semanas antes de visitarla, sin anunciarse, por primera y última vez, su madre había comenzado un tratamiento contra el cáncer, pero eso Olivia lo supo tiempo después, cuando su madre hizo una referencia sólo aparentemente involuntaria al hecho de que le habían dado el alta y de que su cabello estaba creciendo de nuevo, aunque en esta ocasión de un color que no sabía cómo llamar, y que, afirmó, quizá pudiese denominar «blanco amarfilado».

Un rey ordenó, en torno a 1235, a una familia de pastores que alimentara y cuidara de sus hijos, pero que no les hablase ni procurara enseñarles a hablar de ninguna manera; quería averiguar si, cuando los niños comenzasen a hacerlo, lo harían en hebreo, en griego o en latín, que el rey creía las lenguas más antiguas del mundo. Pero todos murieron antes de decir sus primeras palabras. Dieciocho siglos antes, un faraón se había propuesto algo similar, según Heródoto, pero los niños habían sobrevivido y su primera palabra había sido *becos*, en la que los estudiosos creyeron encontrar la voz frigia para «pan», lo que demostraba, concluyeron, que el frigio era el idioma original de los seres humanos. Dos niños gemelos rescatados de la miseria en la que vivían junto a una anciana sordomuda en las afueras de Copenhague, en 1903, desarrollaron un lenguaje privado que el lingüista danés Otto Jespersen llamó «liplop»: negro, en danés *sort*, era para ellos *lhop*; la leche, *mælk*, *bap*; a la luz, *lys*, la llamaban *lhylh*, y al frío, en danés *kulde*, *lhulh*. Una frase como «No vamos a traerle comida a los conejos» sonaba así, según Jespersen: «Nina enaj una enaj hoena mad enaj», siendo *nina* conejos, y *enaj*, en danés *nej*, una negación. Pero, en general, los niños ferales no hablan, y su silencio es tal vez la constatación de que lo que han experimentado no puede ser dicho, pertenece a un reino sin conciencia, sin memoria y sin lenguaje, algo que quizá se añora sin saber cómo nombrarlo. La joven de Kranenburg se llamaba Anna Maria Gennärt, recuerda Olivia al ver que dos pájaros, posiblemente una pareja de grajos, cruza volando la carretera, frente al automóvil; pero la joven no podía pronunciar ese nombre, como tampoco podía decir el suyo la niña hallada en 1735 en Issaux, en los Pirineos, y encerrada en un asilo poco después. «¿De qué había escapado cuando se internó en el bosque? ¿Por qué la aprehendieron? ¿Qué era lo salvaje en su vida sino los temores y las ideas de quienes la mantuvieron recluida hasta su muerte?», le preguntó el dramaturgo de Burnley a Olivia en una ocasión; pero no esperaba que le respondiera. Quizá ellos también eran niños ferales, pero tenían el lenguaje, hubiera contestado Olivia; con él, sin embargo, sólo se pueden hacer preguntas sin respuestas. Tal vez todas esas niñas sobre las que había leído durante aquel período habían sido abandonadas por sus padres, y sólo la suerte y una suma de talentos innatos las habían mantenido con vida; en algunos sitios, y en ciertos períodos, por el contrario, era posible que hubiesen sido robadas por lobos, que abundaban en los bosques y en las afueras de las aldeas: cuando una loba pierde a su cachorro, y si está particularmente dolorida por el peso de unas mamas colmadas, puede buscarse otro cachorro para amamantarlo y aliviarse, o puede tomar un niño y alimentarlo como si fuese un cachorro. La vida que ese niño tiene a continuación podría parecernos monstruosa, y quizá lo sea, pero la mayor parte de quienes fueron aligerados de su carga languidece entre las personas y procura regresar a ella hasta que, sofocadas las fuerzas con las que resiste una domesticación que no ha pedido, también se extingue su voluntad de continuar viviendo. Y, además, las lobas nunca echan a sus cachorros de la manada, ni siquiera a los humanos; los alimentan y los protegen y los salvan así, tal vez, de madres que los han dejado de lado y de una sociedad que los ha dejado de lado también. No hay historias en las que resuene con más claridad la relación con su madre, piensa Olivia.

La pieza en la que su novia y ella trabajaban en aquel apartamento de Bury poco antes de separarse —todos esos papeles que la novia destruyó durante la pelea— nunca fue más que eso, papeles sin demasiada importancia excepto la que, durante un breve período, les dio Olivia, que era una importancia absoluta: eran o pretendían ser el monólogo de Ellen Ionesco, la primera mujer sometida a una lobotomía transorbital, también llamada «lobotomía del picahielos»; un intento de darle a Ionesco una palabra que la psiquiatría y su historia continúan negándole, y de hacerlo con las voces de otras mujeres, de tal manera que se hiciera evidente que su silencio era, en realidad, atronador, y persistía. No era algo en lo que pensara por primera vez, y quizá el origen de aquella pieza —que le gustaría poder completar algún día, tal vez con ayuda de otra persona, piensa— estaba en la intervención que su madre había realizado unos años antes en el ala destinada a las mujeres en el antiguo asilo de alienados de la ciudad, un edificio que permanecía en ruinas desde hacía décadas sin que nadie supiera —tampoco su madre, que había pasado unas semanas en él, en los setenta, le confesó más tarde— si esas ruinas seguían siendo habitadas y por quiénes: su madre

26

inundó toda la planta inferior del edificio de hilos rojos, que tendió de pared a pared a veces de manera confusa y deliberadamente enmarañada, pero en otras ocasiones como siguiendo un orden que se desconocía aunque podía intuirse; los espectadores corrían el riesgo de enredarse en esos hilos a cada momento; a algunas de las habitaciones de la instalación ni siquiera se podía entrar, así de densa era la maraña que impedía el acceso y que en algunas oportunidades, especialmente a la entrada de las habitaciones más pequeñas, que habían sido empleadas en su día como celdas de aislamiento y de castigo, parecía estar a punto de estallar, derramándose sobre el pasillo que conducía a ellas y sobre los visitantes. No era difícil darse cuenta de esto, posiblemente porque su madre no había hecho nada para impedirlo: los hilos eran los pensamientos de las locas, que éstas tejían en su cabeza hasta ya no poder entrar en ella, hasta verse expulsadas de sí mismas o, al menos, de quienes habían sido antes de la enfermedad mental; pero también eran las cuerdas con las que se las ataba cuando perdían el control o, sencillamente, molestaban a los médicos; habían sido confeccionadas por mujeres en una tejeduría de Mánchester que su madre había contribuido a volver a poner en funcionamiento y que estaba cerrada desde el momento en que la producción había sido desplazada a países periféricos, unos setenta años atrás: muchos de los primeros ocupantes del asilo habían trabajado en las tejedurías de la ciudad antes de quedarse sin empleo y comenzar su declive hacia la vejez y la locura, y a Olivia le gusta especialmente que su madre haya dado cuenta de este modo, con la recuperación de esa fábrica, de los vínculos entre pobreza y locura, pero también entre trabajo manual y producción artística, así como entre el hecho de ser una mujer pobre y el de no tener ningún si-

27

tio en el que apoyarte, ningún lugar donde ir. Una sola cosa echaba de menos en la intervención, y la mencionó unos años después, en la primera oportunidad que se le presentó para hacerlo: le hubiese gustado que, al terminar, su madre hubiera recogido todos aquellos hilos rojos y los hubiera cosido unos con otros para que resultase evidente que los pensamientos de las mujeres que están locas nunca les pertenecen por completo, sino que son parte, también, de un todo en el que confluyen el malestar privado y el malestar público, el que resulta de una sociedad dañada cuyo único propósito es la multiplicación y el aumento del daño y el impacto que todo ello tiene en las personas; para que sus locas no estuviesen solas, por decirlo así. Pero su madre sólo se encogió de hombros al escuchar esto y a continuación apartó la vista, como si Olivia la hubiese abofeteado, o como si, más probablemente, pudiera así abofetear a Olivia, que había cometido el error de inmiscuirse en su trabajo y en esa especie de lugar inaccesible en el que ella siempre está a solas, pensando en ese trabajo o en otras cosas, Olivia no sabe.

Quizá ese espacio inasequible, por íntimo, que durante algunos años fue realmente un espacio físico –el de su taller en la Back Piccadilly, un sitio que Olivia todavía recuerda como insoportable, y en el que sin embargo vivió durante algún tiempo–, haya estado vedado siempre no sólo a ella sino incluso a su padre, ya que su madre y él jamás colaboraron, excepto de la manera indirecta y nunca demasiado explícita en que lo hacen los artistas que son, a su vez, pareja, y en cuyo marco ejercen una colaboración con el otro que se limita a escucharlo con algo de escepticismo y haciendo preguntas o guardándoselas para sí, para que el roce entre un proyecto artístico y otro no devenga intromisión. Olivia sabe de esos roces, que, por su parte, no deja de propiciar, y la pieza que intentó escribir con la novia de Bury −y que le gustaría completar en el futuro, vuelve a decirse, sin saber todavía lo que sucederá en unos minutos y ni siquiera poder imaginar el accidente− o, por el caso, el tipo de relación que tuvo con aquel joven dramaturgo de Burnley, no son sus únicas experiencias en ese ámbito; la más radical de ellas tuvo lugar unos meses atrás, cuando la novia de Bury y ella convirtieron *La sombra del cuerpo del cochero* de Peter Weiss en algo parecido a un monólogo teatral que, sin embargo, era interpretado por ambas: si la obra es ininteligible −«genial unverständlich», la definió alguien−, esto es porque no hay un cochero sino dos, creían haber descubierto ellas, que se habían conjurado para sólo hacer público este hecho cuando la obra bajase de cartel, en una nota de prensa seguida de un manifiesto sobre el tema de la apariencia y el engaño controlado: mientras tanto, los espectadores debían tener la impresión de que se encontraban ante una sola actriz. Y Olivia acaba de preguntarse, un instante atrás −las manos en el volante ligeramente agarrotadas ya, con una rigidez que ella suele corregir en cuanto la descubre, pero que no ha descubierto todavía−, en qué estaba pensando en realidad cuando dijo sí a la propuesta de su novia y aceptó que ésta se tiñera el cabello −la novia de Bury tiene el cabello negro de los invasores franceses que posiblemente hayan sido sus antepasados, pero Olivia tiene el rubio de su padre, ese tipo de rubio que bajo cierta luz se revela en ocasiones como un rojo deslavazado−, la entrenó en el acento del norte, al que la otra hasta entonces se había resistido, la habituó a una gestualidad de la que ella no era consciente y que, sin embargo, indudablemente, debía de ser la suya. La obra obtuvo algunos premios, pero sólo a costa de lo que ahora Olivia considera un ejercicio de sustracción –un robo, por decirlo de alguna manera– que su novia quizá sólo viese como un acto de amor, el tipo de cosas que una persona enamorada de otra hace, a menudo sin darse cuenta, para parecerse a ella, al objeto amoroso, y que, sosteniendo un espejo a menudo incómodo ante el otro, acaba haciendo que ese otro no desee continuar con la relación, desprovista ya la persona de la que se enamoró de los rasgos personales que lo atrajeron de ella. Quizá en aquellos meses en que la novia de Bury se le pareció tanto haya estado el origen de lo que acabaría separándolas, así como en la extraordinaria, irritante curiosidad que la joven sintió siempre por la desaparición de su padre y todo lo sucedido antes y, en particular, después, que Olivia lleva años esforzándose por olvidar –como su madre, supone– sin conseguirlo en absoluto; pero la mentira que la novia confesó más tarde, Olivia no sabe por qué, no tuvo su origen en ese período en que Olivia y ella interpretaron su adaptación de Weiss, o no se lo parece: el bosque se vuelve más denso a los costados de la autovía, parece arrojarse sobre los automóviles en ese tramo como si pretendiese abrazarlos y, tal vez, destrozarlos con su abrazo, y la luz es escasa, y sólo en este momento Olivia nota que su cuerpo está tenso, que se ha tensado hasta volverse un ovillo de dolor y fuerza.

Del antiguo asilo para alienados sólo quedaba en pie un edificio en ruinas cerca de Cheadle cuando su madre concibió su intervención, pero tomó años que las autoridades le permitieran realizarla allí porque el edificio estaba deteriorado y corría el riesgo de venirse abajo, y la madre debió esperar; es posible que en la consideración de las autoridades pesase tanto este hecho como el escándalo provocado por una instalación suya anterior en los Piccadilly Gardens, a mediados de los ochenta. La madre había hecho colocar en ellos una estructura móvil de madera, una especie de palanca cuyos extremos estaban, uno, en la superficie, y el otro, hundido bajo el agua, con el punto de apoyo en la orilla; lo que parecía una escultura cinética de las muchas que se realizaban en esa época —ya por completo desactivado el potencial innovador que esas piezas podían tener y, por lo tanto, susceptibles éstas de ser reducidas por fin a la condición de mobiliario urbano— era, sin embargo, algo mucho más interesante, que volvía sobre un episodio trágico de la historia de la ciudad: hasta finales del siglo XVII, los jardines habían sido utilizados para la humillación pública de las mujeres que no adherían a alguna de las muchas prohibiciones que pesaban sobre ellas. Las mujeres que eran ruidosas, ejercían la prostitución o desobedecían a los maridos, las que suscitaban la sospecha de que el hijo que habían concebido era producto de un adulterio o poseían talentos que sólo podían haber sido adquiridos mediante «brujería», que ayudaban a otras mujeres a librarse de un embarazo no deseado, las que amaban a otras mujeres, que tenían bocas que florecían como un corte pero no para besar sino para proferir verdades incómodas para el púlpito y el trono, eran conducidas públicamente a los Piccadilly Gardens, donde se las ataba a una silla en uno de los extremos de la estructura; a continuación, la silla era sumergida en el agua durante el tiempo que quien accionaba la palanca desde la orilla considerase suficiente, y tantas veces como fuera necesario de acuerdo con el castigo previsto y la demanda de espectáculo por parte de la multitud, que a menudo incluía a parientes y vecinos. Las inmersiones adherían a la metáfora del lavado de los pecados, pero no requerían ningún tipo de prueba de ellos y no aspiraban a nada parecido a un arrepentimiento: eran, como todos los castigos, en especial los ejercidos contra las mujeres, una tecnología de cohesión social: como las estatuas y las obras de arte en los parques públicos con las que la instalación de su madre fue confundida inicialmente, permitía la reunión y convertía a todos los miembros de la sociedad en cómplices; incluso, de alguna manera, a las castigadas. Pero la pieza de su madre también había convertido en partícipes a las autoridades locales, que habían aprobado su instalación en los jardines sin comprender del todo qué estaban haciendo; poniendo de manifiesto de esa forma que las inmersiones de las mujeres en los Piccadilly Gardens habían sido olvidadas, y que de los crímenes del pasado no había remordimiento y ni siquiera memoria. Una cierta cantidad de comparecencias y renuncias tuvo lugar después de que el verdadero «significado» de la instalación se hiciese público, pero su madre, que ya por entonces, por alguna razón, jamás daba entrevistas, se negó a responder cualquier pregunta.

Unos veinte años después, cuando solicitó a las autoridades que la habilitasen a intervenir el antiguo asilo para alienados, éstas se mostraron reacias a hacerlo, como era natural: el interés de su madre por ciertos espacios como ámbito de intervención artística y testigos del tránsito por ellos de personas y bienes, de intercambios económicos y de unas prácticas específicas relacionadas con los primeros —sólo Mary McIntyre tiene más interés en ellos, se dice Olivia a veces—, la había convertido en una especie de arqueóloga que entraba y salía de las ruinas que la ciudad dejaba tras de sí todo el tiempo, todos esos lugares que creemos conocer y, sin embargo, no conocemos en absoluto hasta que alguien nos los muestra tan sólo un momento antes de que dejen sitio a un nuevo uso del espacio y a nuevas significaciones; su madre no parecía creer que el proyecto fuera viable, pero tal vez especulase con la posibilidad de que presentarlo obligaría a las autoridades a estudiar la historia de las ruinas cerca de Cheadle, la del antiguo asilo de alienados, la de la forma en que pobreza y feminidad y locura habían dejado su huella en la historia de la ciudad y continuaban proyectando sobre ella sus sombras, y puede que ése fuera su cometido excluyente cuando hizo su propuesta: de hecho, desde hacía cinco años su madre estaba embarcada en otro proyecto, en el que continúa trabajando, ese pozo que cava ella misma –con sus propias manos, según le ha contado–, cuando el clima se lo permite, en un pequeño trozo de tierra a las afueras de la ciudad que compró diez años atrás y que Olivia no ha visitado nunca; algo absurdo, sin sentido, sobre lo que su madre –quien ayer, para su sorpresa, la llamó para pedirle que la ayude con una mudanza– tampoco responde preguntas. Naturalmente, algunas cosas habían cambiado desde mediados de los ochenta, cuando su madre realizó aquella intervención en los Piccadilly Gardens, y muchas más lo habían hecho desde finales del siglo XVII, cuando tuvieron lugar las últimas inmersiones; pero lo que no había cambiado en exceso era la condición de las mujeres, que seguía siendo una condición inestable, la de estar caída en el mundo sin haberse derrumbado, y tampoco había cambiado la naturaleza del poder, que tiende a borrar el pasado y posiblemente ignorase la existencia del edificio cerca de Cheadle: los viejos problemas habían sido reemplazados por problemas nuevos y éstos habían sido desplazados a los márgenes de la ciudad, a todas esas viviendas de protección oficial en las que las mujeres enfrentan dificultades similares pero también distintas de las que enfrentaron en el pasado. Las drogas y la televisión, y más tarde la dependencia de las formas electrónicas de entretenimiento, habían sustituido ya a las medidas coercitivas de siglos anteriores; pero las realidades del cuerpo y de los modos en que éste es observado y penetrado, deseado y obtenido y disciplinado, no habían cambiado tanto en 1985 –ni lo harían después, por supuesto–, y las autoridades parecían indiferentes a ello. La actitud de su madre era ambigua, en ese sentido, o adquiría el carácter de un pacto fáustico, el pacto propio de los artistas políticos, o, mejor dicho, de los artistas deliberadamente políticos: por un lado, confrontaba a las autoridades con el origen de sus instituciones y las continuidades que podían establecerse entre sus viejas prácticas y las más recientes, que las autoridades siempre revestían de un determinismo economicista y atribuían a un mercado del que fingían no ser parte; por otro lado, piensa Olivia, su madre permitía a esas autoridades distanciarse formalmente de ellas, realizar un acto público de contrición que, por tener lugar en el ámbito simbólico y en el de la sublimación propia de la práctica artística, no requería ningún tipo de acción concreta, ninguna concesión relevante por parte del poder. Durante los últimos años, su madre se había especializado en el vaciamiento de los espacios, un poco a la manera de Michael Asher: había «exhibido» como piezas artísticas unas antiguas oficinas de la policía en las que se habían realizado interrogatorios a presos del Ejército de Liberación de Irlanda, un matadero en las afueras, una galería de arte; al vaciarlos, los edificios adquirían un carácter espectral, devenían casi por definición sitios inquietantes en los que todo era posible, excepto la vida; en ellos estaba inscripta la ausencia, pero esa ausencia sólo ponía de manifiesto una existencia y unas prácticas anteriores, que habían tenido lugar en esos espacios y seguían allí, de algún modo. De hecho, parece pensar su madre, el vaciamiento, que a veces enfatiza mediante la proyección de imágenes, o, más a menudo, de registros sonoros de las prácticas —como en el matadero, donde había producido una cinta perpetua con sonidos extraídos de varios informes televisivos y de un documental realizados en sus instalaciones poco antes de su cierre—, venía a poner de manifiesto que lo que se ha roto no puede ser reparado, que lo que sucedió alguna vez continúa sucediendo en los espacios en los que tuvo lugar, de forma espectral y si éstos se observan de determinada manera. En la segunda mitad del siglo XVIII, por ejemplo, la ciudad había creado su primer asilo para alienados; pero lo había hecho en los Piccadilly Gardens, en el mismo lugar donde habían sido castigadas mujeres no muy distintas a las que acabarían llenando toda un ala del edificio: las continuidades eran evidentes, resultaban accesibles a cualquiera que desease reparar en ellas, pero, al mismo tiempo, permanecían embozadas, a la espera de alguien como su madre y de la perversa ingenuidad de las autoridades, que retiraron de los jardines su obra cuando una investigadora de la Universidad Metropolitana escribió acerca de las inmersiones de mujeres al hilo de la pieza y antes incluso de que los vándalos se tomasen el trabajo de destruirla.

Su madre le contó, al pasar, en una ocasión, que aquella investigadora había escrito que en el asilo de Piccadilly se trataba a los pacientes mejor que en otros hospitales y que no se ejercía sobre ellos ningún tipo de coacción física; cuando su madre leyó esto, le confesó a Olivia, dudó, pero se dijo que, en realidad, la existencia misma del hospital ya era una forma de coacción –o de coerción, si lo prefería–, y que la práctica de ahogar a las mujeres sólo había sido reemplazada por otras maneras de sujetarlas contra su voluntad, con sustancias químicas y, más a menudo, con trabajos repetitivos y desesperantes y fantasías de una realización personal que no tropezase con estos últimos; lo que su madre quería decir, le dijo, es que en hospitales como el de Piccadilly no se protege a los pacientes, sino sus síntomas, a los que se les permite avanzar sobre la identidad de una persona hasta sustituirla. Quizá tuviese que haberle preguntado qué síntomas eran ésos, cuando su madre le contó aquella historia, en una de las escasas oportunidades en que le habló de su trabajo; pero, en realidad, Olivia ya sabía de qué estaba hablando su madre: había comenzado a lastimarse poco después de que Edward desapareciera, por lo general en la parte interior de los muslos y en los pechos. No podía evitarlo: el dolor la hacía sentir viva y por unos instantes ocupaba el centro de su conciencia, desplazando cualquier pensamiento, sólo para dar lugar pocos minutos después a preocupaciones prácticas como de qué manera contener la hemorragia, cómo limpiar la herida y dónde ocultar hasta la siguiente oportunidad las pequeñas cuchillas que utilizaba para hacerse daño. Ninguno de los psicólogos a los que visitaba por entonces a pedido de los servicios sociales supo jamás lo que hacía: era su pequeño secreto; entre muchos otros, el que menos deseaba revelar. Pero tuvo que dejar de hacerse cortes cuando comenzó a estudiar teatro porque la proximidad física en las clases y los cambios de vestuario los hacían visibles a los demás. No le costó nada hacerlo, sin embargo: el deseo de hacerse daño –en realidad, el deseo de hacer visible un daño previo, omnipresente– se había disipado; el teatro había ocupado su lugar, por decirlo de alguna forma.

Una sola vez descubrió alguien una de sus cicatrices y le preguntó por ella. La luz entraba furiosamente a través de la ventana del pequeño cuarto junto con los gritos de los niños jugando abajo y el ulular de unas palomas, pero su novio y ella seguían en la cama; habían convenido sin decirse una palabra que los placeres antiguos de Venecia podían esperar a la consecución de placeres algo menos antiguos –aunque sólo para los jóvenes como ellos– cuando su novio vio la cicatriz y le preguntó qué era: seguía el trayecto de la ingle por unos centímetros y luego se apartaba de ella como si hubiera cambiado de opinión; sólo era visible porque Olivia se había bronceado, sin quererlo; el día anterior, en el Lido, habían nadado hasta que les dolieron los brazos, y al regresar a la orilla descubrieron que el viento había arrastrado sus cosas varios metros hacia el interior de la franja de arena, pero no les importó. «Un accidente», le dijo, y el novio no volvió a preguntar. Olivia sólo habló de sus cortes en una ocasión, a un chico que trabajaba en una lavandería, al final de una fiesta. No recuerda por qué, pero se recuerda contándoselo mientras el chico la observaba fumando cigarrillos que liaba prácticamente con los ojos cerrados, sin mirar, sin hablar, sin decir una palabra.

Cuando su madre realizó aquella intervención en el antiguo asilo ya había comenzado a abandonar la práctica de vaciar espacios —con la que, sin embargo, tal vez ese pozo en el que trabaja desde hace algún tiempo tenga alguna relación, piensa Olivia, que se dice que va a preguntárselo, que tiene que conseguir que le hable de ello en algún momento de la mudanza— para interesarse por el arte textil, un giro que la hija siempre ha visto como una manifestación explícita del hecho de que su madre sabía qué se esperaba de ella tras la desaparición de su marido y de que —pese a que las cosas no eran del todo así, y de su desprecio por las categorías y las demandas ajenas y su rechazo a toda exigencia de una definición que no surgiera de ella misma; a pesar del repudio, incluso, de su familia, que Olivia nunca conoció y cuyo apellido su madre borró en cuanto tuvo oportunidad, antes de que ella naciera: para todos, también para su padre, su madre siempre ha sido Emma O.— aceptaba interpretar el papel que le había sido asignado, al menos de cara a los demás, ya que su interés en el arte textil reproducía la estructura del mito: su padre era Ulises y su madre tejía y destejía esperando su regreso. Pero Edward nunca iba a regresar, o no del todo. Y nadie podía estar más seguro de ello que su madre, quien tal vez haya sabido desde el instante en que reparó en su ausencia —quizá desde el momento en que regresó al apartamento y vio, sobre la mesilla de la entrada, su cartera y sus llaves y su teléfono móvil, pero no dio con él— que lo que había sucedido era irreversible, un quiasmo. Olivia creyó descubrir por entonces que su madre rendía su obra a las demandas de los demás y, pese a todo, sintió que ésta la traicionaba por segunda vez en menos de un año, sólo que la primera había sido mucho peor. Emma había organizado una exposición de la obra de su marido en una galería de arte, pero las pinturas sólo permanecieron expuestas unas setenta y dos horas; tres días después de su inauguración, todo lo que quedaba de la muestra eran los testimonios materiales del cóctel de la primera noche y de los días que le siguieron: las marcas en las paredes donde debía ser colocado un cuadro u otro, las manchas de las bebidas sobre un par de mesas elevadas y los círculos que habían dejado en su superficie los pies de las copas, las pisadas de los visitantes —que se concentraban en torno a muros en los que antes habían estado las pinturas de su padre y en ese momento ya no había nada, el vacío que había dejado tras de sí su desaparición y la acción de su madre, que convertía así esa desaparición en parte de su obra—, el vaciamiento de un vaciamiento, por fin, cuyo resultado era el acto sublime y contradictorio del nacimiento del artista tras la muerte de la obra —que tantos han querido llevar a cabo sólo para detenerse astutamente un paso antes del abismo de la obra sin artista y sin obra— al tiempo que —pero esto Olivia sólo lo comprendió más tarde, después de la intervención en aquel edificio en ruinas cerca de Cheadle— el único modo que su madre parecía haber encontrado de no dejarse arrastrar por la pérdida y de ganar tiempo para lo que sea que planeara hacer a continuación, posiblemente seguir cavando, Dios sabía para qué. Olivia tardó años en perdonárselo, sin embargo.

Olivia no recuerda mucho de la época en que su padre aún vivía con ellas a excepción de las vacaciones: iban todos los años al mismo sitio, una de esas ciudades en la costa que los alemanes olvidaron bombardear, y ya no sabe qué recuerdo pertenece a qué año, excepto el de su padre nadando hasta perderse de vista, un paso antes o después de la línea del horizonte, que ella imaginaba en ese tiempo como un obstáculo físico; debía de tener unos cuatro o cinco años porque aún no sabía nadar. Y también recuerda pequeños momentos sin importancia de una vida cotidiana que sus padres parecían haber planeado hasta en sus más mínimos detalles incluso antes de que ella naciera, tal vez porque de otra forma no habrían podido soportarla: en todos ellos, sin embargo, su padre y su madre aparecen por separado y el silencio se impone a las que deben de haber sido conversaciones banales, nada demasiado importante y, sin embargo, de una importancia absoluta para la niña que ella era; son como filmaciones de un cine mudo que desconcierta por su proximidad en el tiempo y en el que las personas hablan pero no hay sonido, ni siquiera música. Una vez su madre se acostó en su cama y permaneció junto a ella toda la noche, hablándole, hasta que a Olivia le bajó la fiebre. Otra, su padre la acompañaba a la escuela cuando ella le dijo que no quería ir, que no quería volver a ese sitio nunca más, y su padre se apartó del camino habitual sin decir palabra y pasó el resto del día junto a ella, primero caminando por un parque y luego en una cafetería junto a la estación de trenes, los dos en silencio observando cómo las personas iban y venían y se perdían en el interior de los vagones o saltaban de ellos para dirigirse a cualquier otro lugar mientras su padre los dibujaba, distraídamente, en una hoja que hacía las veces de mantel; ni Edward ni ella le dijeron nada a la madre de lo que habían hecho ese día, pero éste le dio a Olivia la fuerza que necesitaba para regresar a la escuela al día siguiente y el resto de ese año. Y su madre parece recordar aún menos, o simplemente no tener interés en hacerlo, se dice Olivia. No hablar del padre y de lo que pudo haberle sucedido es el pacto tácito que madre e hija establecieron después de lo que la madre llama su «período azul» en referencia a los uniformes de los policías que durante algunas semanas, y luego cada vez con menos regularidad, las visitaban por entonces para extraerles información y con la promesa de que les devolverían al padre, o, al menos, explicarían su desaparición y las traerían de regreso a las dos a un mundo de certezas y verdades, no interpretaciones. Una vez su madre le confesó que se sentía agradecida de poder recordar a Edward como éste era cuando desapareció, suspendido en una juventud que sabía que a ella ya la estaba abandonando. «No es difícil darse cuenta, lo veo en las miradas de las personas; lo que yo era ya no está. Pero él siempre va a estar allí y va a ser joven y hermoso», le dijo un día. Olivia se preguntó por qué se lo contaba y, especialmente, qué decía todo ello acerca del período en que ambas soportaron una vigilancia tácita por parte de los policías que las convertía en víctimas de algo que les había sucedido y también, de alguna manera, en potenciales victimarias. «Uno sigue pistas. Pero las pistas son sólo relatos», le dijo años después una policía con la que Olivia se entrevistó debido a la insistencia de la novia de Bury, que había accedido a ella a través de amigos comunes y le había pedido que las informase sobre el caso. «Y hay relatos mejores y peores», continuó la policía. «Relatos que no nos llevan a ningún sitio y relatos que sí lo hacen. Pero estos últimos, en ocasiones, nos llevan a lugares que no importan, que son como callejones sin salida como esos que hay detrás de los teatros. Puedes agazaparte en ellos y observar a tu alrededor, pero nunca comprenderás la obra que está interpretándose a unos metros de ti, ni siquiera aunque puedas escuchar los diálogos y después, al final, los aplausos. De lo que se trata es de que sean relatos plausibles, verosímiles. Pero ¿qué es verosímil en determinadas circunstancias? Una persona desaparece. Una ciudad como ésta es el tipo de lugar en el que es improbable que tropieces con alguien dos veces a lo largo de tu vida si no te lo propones, e incluso cuando te lo propones no sucede. Varios cientos de rostros pasan frente a nuestros ojos a diario y sólo recordamos los que vemos en nuestro trabajo, en el restaurante al que vamos a comer en ocasiones, quizá en las tiendas donde compramos regularmente. Todos los demás desaparecen para nosotros. O, más bien, no desaparecen porque jamás han existido, sólo han sido para nosotros una parte de algo más grande a lo que no sabemos dar nombre, la realidad o como quieras llamarlo. De hecho, lo sorprendente es que a veces también desaparecen personas que creemos conocer bien, personas con las que vivimos y a las que en ocasiones amamos. Un padre, por ejemplo. Un marido. Una esposa. Por lo general, todas esas personas regresan a casa, a más tardar, después de cuarenta y ocho horas. O nosotros las encontramos antes de que se cumpla ese plazo, generalmente en los lugares que suelen frecuentar. O escondiéndose, claro. Pero, en este último caso, también las encontramos. Y eso porque las personas tienden a esconderse en lugares que conocen bien, lugares que les parecen seguros porque tienen una relación íntima de algún tipo con ellos, incluso aunque nunca los hayan visitado antes. Dar con esos lugares es algo relativamente difícil. Pero no es imposible. Y encontrar a alguien es ser capaz de construir el relato de quién es esa persona, de qué escapa, dónde puede sentirse seguro, qué cosas se lleva. Quizá los policías no seamos los mejores escritores, pero creo que hacemos relativamente bien nuestro trabajo. Y esto, en realidad, es gracias a que las personas son bastante predecibles, en especial cuando se dejan conducir por sus emociones. Un adolescente desairado por sus padres. Alguien que ha cometido un pequeño delito que su imaginación magnifica. Un empleado que ha robado algo de dinero en el sitio donde trabaja, por ejemplo. Una joven embarazada. Una mujer que escapa de un marido violento. Una mujer con deudas de juego. Niños que ya no toleran vivir con padres alcohólicos o ausentes. Un testaferro, un pequeño criminal que se ha visto envuelto en un negocio demasiado grande para él, alguien que simplemente ha acabado sabiendo más de lo que debía. A veces sería mejor que no dieras con las personas que buscas, pero nosotros lo hacemos. O esas personas dan con nosotros, por decirlo así. Un cadáver en un arroyo. Un cadáver en una obra de construcción, en la que alguien pudo haberse refugiado o a la que pudo haber sido conducido a la fuerza. Un cadáver extraído de un automóvil que ha resbalado sobre la nieve, que ha caído a un precipicio o que sencillamente ha quedado abandonado al costado de una autovía después de que su propietario se disparase en la cabeza o se inyectase una dosis demasiado alta de lo que sea que se inyectaba o estropease deliberadamente el tubo de escape del automóvil», enumeró la policía dando sorbos a su cerveza cada pocos segundos. «Durante las primeras cuarenta y ocho horas buscas una persona. Después buscas un cuerpo. Pero los cuerpos, a diferencia de las personas, tienden a quedarse quietos. De manera que, si hay uno, nosotros lo encontramos. Primero nos movemos. Después tenemos que permanecer inmóviles, esperando a que el caso repose y el tiempo haga su trabajo. Cuarenta y ocho horas pueden parecer una enorme cantidad de tiempo. Pero en realidad no lo son. Y la vida de una persona es como una novela, con sus capítulos y sus personajes secundarios, que a veces no tienen ninguna importancia para la trama y que, sin embargo, nosotros tenemos que conocer; cuyas motivaciones tenemos que comprender para que la novela nos parezca verosímil. Pero las novelas no se escriben en veinticuatro horas, según tengo entendido. Después de eso, todo lo que encuentras son testimonios materiales de lo que podrías haber encontrado durante ese período y que no fuiste capaz de concebir, o que descartaste por una razón u otra. Una vez más: el problema es responder a la pregunta de qué es lo más verosímil en cada caso. Pero no hay nada verosímil en nuestras vidas, si se las observa con cierta distancia. Quizá sí en nuestras vidas individuales, de alguna manera; sin embargo, cuando las observas en su conjunto, lo que ves es muy distinto. Tal vez las cosas fueran diferentes antes, en el pasado. No recuerdo quién —más bien importa poco—, pero alguien me dijo en una ocasión que lo que llamamos "la verdad" ha cambiado en el transcurso de la Historia: en la Antigüedad, consistía en la evidencia inmediata, la que puede palparse; después pasó a residir en todo aquello que sirviera de garantía de que el orden divino existía y respondía a un designio, incluso aunque ese designio resultase incomprensible o pareciera contradictorio; más tarde, algunos creyeron que la verdad era todo aquello que podía ser comprobado científicamente; por último, se convirtió en algo que sólo se encuentra si se ejerce una resistencia activa y continuada a las manipulaciones de la prensa y del poder económico, es decir, del poder político. Puede ser que los policías nos hayamos quedado en los comienzos de la Historia, cuando la verdad era algo que podías comprobar por ti mismo. Y tampoco sería raro que vivamos en un quinto estadio de lo que llamamos verdad, en el que las cosas que nos interesan son parte de procesos y tienen lugar en sitios a los que no tenemos acceso, que ni siquiera podemos comprender. Una persona puede vivir en esta ciudad y sus motivaciones pueden estar relacionadas con cosas que suceden en

Siria o en Bangladesh o en India, viejos códigos de honor y nostalgias de un mundo más simple, tribal, a escala humana. Es posible incluso que esa persona sepa más de lo que es considerada la verdad en su país de origen que aquí, y viva en consonancia con ella. A veces uno procura comprender a alguien y sólo descubre cosas que no quería saber. Los relatos intentan responder preguntas, pero por lo general arrojan más de las que responden. Por ejemplo, ¿sabías que cuando tu padre desapareció tu madre tenía una relación con otro hombre? Nosotros no, pero averiguarlo pudo haber hecho las cosas más difíciles para todos, no más fáciles.»

Olivia nunca ha vivido en Free Town, pero tuvo un novio que era de Free Town y estaba singularmente orgulloso del hecho de ser de allí, cosa que ella no acababa de comprender, en especial después de conocer el barrio; era diestro, y, por lo tanto, un brevísimo paréntesis en un período de su vida en el que, por alguna razón, sólo tenía novios zurdos. Naturalmente, ella nunca preguntaba si lo eran y no solía prestar atención a ello, o eso creía, pero siempre resultaban zurdos, lo que le parecía inquietante y, al mismo tiempo, tranquilizador; su madre es zurda, su padre era zurdo. La novia de Bury es diestra y, al igual que el novio de Free Town, tomaba tres o cuatro jarras de café al día, algo que Olivia —quizá por influencia de su padre, que sólo bebía té— nunca ha comprendido: ella nunca prestó atención a estos detalles hasta que éstos resultaron determinantes para el desarrollo de los acontecimientos, y no sabe si se siente agradecida o consternada y profundamente dolida por no haberlo hecho. Un instante antes de perder el control de su automóvil, se ha quitado un mechón de cabello que le caía sobre la frente en un gesto mecánico y bastante habitual en ella, en especial cuando se encuentra abstraída, y lo ha hecho con la mano izquierda, como si así pudiera apartar una idea de su pensamiento.

Que ella sepa, su padre jamás utilizó el taller de su madre; durante el período en que Olivia vivió en él, después de haber roto con Emma durante alguna de las innumerables peleas de esos años, buscó indicios de la actividad de su padre en el taller pero no encontró nada. Quizá su madre ya había echado a la basura las cosas de Edward que hubiera allí, o tal vez se las habían quedado los policías, a modo de prueba de algo que a Olivia se le escapaba. Pero lo más factible, y lo que más se adecúa a sus recuerdos de los años previos a la desaparición de su padre, es que el taller fuera un sitio vedado para los dos, para Edward y para ella; un lugar en el que su madre se ocultaba, o en el que, por el contrario, se permitía mostrarse –a sí misma, y quizá al amante– como era en realidad, muy cerca –pero, a su vez, a una distancia enorme– de la casa que ocupaba con su hija y su marido, una casa que por fin parece haberse decidido a abandonar, aunque sólo a medias. El taller se encontraba en la parte trasera de un edificio relativamente antiguo, en un bajo; era oscuro y frío, y Olivia nunca vio ninguna forma de vida prosperar en su patio interno: ni musgo ni pequeños parches de hierba entre los ladrillos ni pájaros que se distrajeran en él, ni siquiera ratones. Tenía dieciséis años y todavía se encontraba en la órbita de los servicios sociales, pero robó las llaves y simplemente se mudó; si su madre se molestó por ello, no se lo dijo, por supuesto. Quizá no le importaba perder el sitio en el que trabajaba hasta ese momento; tal vez pensaba que esa pérdida era un precio que podía asumir por librarse de Olivia; más probablemente, sentía cierto orgullo por el hecho de que su hija hubiera escogido su taller para refugiarse. El lugar se parecía a ella, o, mejor dicho, ella se parece a aquel sitio, piensa Olivia, tantos años después: en el fondo, y al margen de su producción artística, Emma es oscura y fría. Buena parte del trabajo de su madre es documental, y cuando ella tomó posesión del sitio, no encontró en él más que unos archivadores, una mesa, una silla, algunos platos y unas tazas en el fregadero, dos lápices, una estufa eléctrica, una caja de bolsas de té de Yorkshire, dos botellas de vino portugués y naranjas, un colchón: Olivia invirtió todo el dinero que tenía en comprar uno nuevo, que no hubiera sido utilizado por su madre y por el otro hombre.

No habían pasado aún cuatro meses de la desaparición de su padre cuando el hombre se instaló en el apartamento, inaugurando el período de las grandes peleas; las motivaba el dolor de la pérdida, pero también el modo en que su madre, al permitir que su amante se mudase con ellas, confrontaba a Olivia con la necesidad de dejar atrás lo que había sucedido. Los policías seguían visitándolas en ocasiones o les pedían que fuesen a comisaría, por lo general, solas: pretendían informarles de los «avances en la investigación», pero tal vez no hubiera ya investigación alguna, o ellos, también aquel hombre, fueran los investigados. La policía con la que la novia de Bury la puso en contacto le dijo en aquella ocasión que las investigaciones policiacas adelgazan con el tiempo hasta convertirse en el espinazo de una historia; idealmente, en la verdad de lo que sucedió. «Y la investigación en torno a tu padre no fue la excepción», le dijo; su rostro se había vuelto borroso, como si el alcohol que estaba bebiendo –Olivia, por su parte, tomaba sidra de pera, en este momento no es capaz de recordar por qué razón– no la afectara a ella sino a sus interlocutores. «Pero la investigación tiende a ser el resultado de una negociación compleja entre el impulso de reunir todas las pruebas posibles y el de reducir las líneas de investigación a un número de ellas que los investigadores puedan manejar. No podían decirte nada, por supuesto. Pero hicieron todo lo que debían hacer. Revisaron los armarios para saber qué ropa llevaba tu padre y si sacó alguna maleta. Llamaron a los hoteles de la ciudad por si pudo haberse alojado en alguno de ellos. Vigilaron sus cuentas de correo electrónico. Accedieron a su teléfono móvil. Requirieron información a sus contactos. Estudiaron horas de filmaciones de cámaras de seguridad. Interrogaron a taxistas y a otros informantes. Analizaron los movimientos de sus cuentas bancarias y su tarjeta de crédito. Peinaron las áreas próximas a ríos y parques. Y las marismas. Tu padre no padecía esquizofrenia, no había sido víctima de abuso, no tomaba ninguna medicación, no estaba siendo chantajeado ni coaccionado, no parece haber padecido nunca un episodio de extravío. Quizá tardaron demasiados años, tantos que perdieron de vista cuál era su propósito original. Y lo que habían obtenido hasta el momento adquirió significados nuevos, producto de un exceso de interpretación. Más territorio cubres, más tardas en dar con una persona. Y más pistas falsas se acumulan, porque tropiezas con objetos que pueden no tener relación con la persona desaparecida aunque te lo parezca. Un par de anteojos similares a los que llevaba al desaparecer, recogidos en la costa. Una cartera vacía que pudo ser la suya, o no. Una factura relativamente reciente junto a un campamento improvisado, sin su nombre pero consignando la adquisición de algo que podría haber comprado la persona desaparecida. Más tiempo buscas, más informaciones y objetos reúnes, a la par que los que en realidad necesitabas son engullidos por el tiempo y los elementos. Y hay que buscar en aeropuertos y estaciones de tren, pero también en sitios de difícil acceso, como conventos y hospitales, para los que se requieren autorizaciones y permisos que no siempre llegan con la rapidez necesaria y ponen en antecedentes a quienquiera que esté ocultando algo. Las personas necesitan cosas, y tienden a no querer desprenderse de ellas; cuando se marchan voluntariamente, tratan de llevarlas consigo o de volver a comprárselas en el sitio al que han llegado: automóviles, ciertos muebles, instrumentos musicales, algunas prendas de ropa, barcos a vela, armas... A veces rescinden los contratos de electricidad, de gas o de teléfono antes de desaparecer. Y casi siempre le cuentan a alguien cercano lo que piensan hacer, o lo insinúan. Buscamos, pero no sabemos qué buscamos hasta que damos con ello. Y, sin embargo, cuando lo hacemos nunca podemos saber si lo que encontramos es en realidad lo que estábamos buscando u otra cosa. No creo que esta regla se limite a las investigaciones policiacas. Y la de la desaparición de tu padre siguió aún cuando parecía ya cerrada. Incluso se extendió a tu madre, que también fue investigada, lo mismo que su pareja.»

La madre no permitía ninguna demostración de afecto de su pareja cuando Olivia estaba en la misma habitación, pero tampoco se las había permitido a su padre, según ella recordaba; quizá entraba y salía, como Olivia iba a hacer poco después, de papeles bien definidos, que simplemente interpretaba: la madre, la amante, la artista. Olivia piensa en ocasiones que allí está el origen de su vocación, en la percepción de que su madre interpretaba, para ella, y sólo para ella, que era su hija, el papel de madre, que era uno que no parecía gustarle o para el que no estaba preparada. Pero había otros, disponibles, que Olivia, a su vez, podía interpretar también, sólo tenía que rechazar el de hija, que su madre le había impuesto: paradójicamente, sólo podía tomar distancia del daño que su madre le hacía al actuar convirtiéndose ella también en una actriz, aprendiendo de su madre las artes del engaño y de la distracción; como muchas otras mujeres jóvenes, por entonces Olivia quería aprender algunas cosas y sabía que sólo podría aprenderlas de otra mujer que, a su vez, las hubiera aprendido antes de una mujer como ella. Y eso es precisamente lo que sucedió, se dice ahora, aunque tal vez no del modo en que ella imaginaba. Unos años después, cuando conoció a aquella joven policía a través de la novia de Bury, le preguntó si creía que las visitas a comisaría y las irrupciones siempre sin aviso de los policías en su casa servían al propósito de informarlas de la investigación que estaban realizando o de recabar más bien nuevas evidencias. La policía la observó unos instantes, como si deseara anticiparse a una reacción; a su lado, sobre la mesa del pub en el que se encontraban, había una libreta en la que la joven, a pedido de la novia de Bury, había hecho apuntes durante la lectura del expediente, pero la libreta permanecía cerrada: la policía no la había consultado ni una vez desde que habían comenzado a hablar. «Verás», empezó a responderle. «Un hombre desaparece. Su mujer tiene un amante. Es un lugar común, pero los lugares comunes son los más verosímiles. Y el hecho de que algo haya sido visto ya no significa que no vayamos a volver a verlo. De hecho, lo más factible es que volvamos a verlo, ya que estaremos esperando que suceda. Todos guardamos secretos, por supuesto. Pero ninguno de nosotros sabe guardarlos lo suficientemente bien o por la cantidad de tiempo necesaria; en realidad, sólo los guardamos para poder develarlos en algún momento. Buena parte del tiempo son tonterías. Una falta menor en el puesto de trabajo. Un pequeño robo en una tienda. Una adicción. Nos gusta creer que son cosas de una enorme importancia, pero no lo son realmente: alguna vez no advertimos a la cajera del supermercado que había olvidado cobrarnos un producto, engañamos a alguien, nos hicimos pasar por otro, mentimos sobre nuestras calificaciones, no pagamos el metro, nos besamos con un desconocido, prometimos que no haríamos algo pero lo hicimos. Un testimonio, cualquiera de ellos, está lleno de pequeñas mentiras, y un policía debe guiarse por algo que sólo puede llamar "intuición" para saber cuál de todas esas mentiras es la importante, la que oculta algo significativo para la resolución del caso. Pero "intuición" es sólo un nombre para la capacidad de crear un relato verosímil. Y, a veces, todo lo que necesitas para darle forma a uno es hacer las preguntas correctas, o hacer preguntas que no sean "correctas", que no vengan al caso, pero de tal manera y en tal cantidad que las personas, abrumadas, revelen lo que ocultan. Quizá tu madre denunció la ausencia de tu padre demasiado pronto, antes de que fuera verosímil que la notase; o tal vez lo hizo demasiado tarde, creando en los policías la sospecha de que pudo haber estado deshaciéndose de cualquier evidencia que pudiera comprometerla. ¿Qué significa "demasiado pronto"? ¿Qué es "demasiado tarde" cuando una persona desaparece?», preguntó. La policía tomó otro trago y un joven tatuado detrás de la barra comenzó a afanarse en una nueva pinta que le sirvió momentos después sin decir una palabra. «Nunca estamos preparados para ciertas cosas», continuó. «Y cuando suceden, no solemos pensar con claridad. Pero esa falta de claridad puede condenarnos, dadas las circunstancias adecuadas. No creo que ningún policía le haya preguntado a tu madre si tenía un amante. No tenía por qué hacerlo. Y puede que tu madre tampoco lo haya contado, o lo haya hecho tarde, por temor a que los policías creyesen que estaba ocultándoles cosas; también puede ser que tu madre no haya contado nada y los policías lo hayan averiguado por su cuenta, lo que podría ser incluso más incriminador. Puede, por último, que tu madre no haya pensado en absoluto en esto. Nada permanece como era durante mucho tiempo. Y después de que los policías no dieran con tu padre, no encontraran su cadáver y no tropezaran con ninguna evidencia importante, es posible que cada uno de los hechos anteriores a su desaparición adquiriese un carácter diferente. Una pelea pocas horas antes. Una deuda. Un amante. Son cosas que no carecen de importancia, pero, por supuesto, adquieren una mayor si alguien se toma el trabajo de ocultarlas. Y si los policías descubrimos que nos las ocultan, resulta difícil que no tratemos de ver adónde nos conducen y qué tipo de relato surge de ellas. ¿Qué es lo que me has dicho que hace tu padrastro?»

«Bienes raíces» lo llamaban antes, Olivia ya no recuerda si siguen diciéndole así; cuando el hombre se instaló con ellas en el apartamento en el que habían vivido con su padre, las cosas de este último no habían desaparecido por completo, pero, tal vez reconociendo de ese modo el carácter parasitario de su presencia en la casa y el papel que jugaría desde ese momento, su futuro padrastro se las arregló para instalarse en todos aquellos pequeños sitios y rin-

52

cones oscuros que todavía no habían sido ocupados –primero por Edward y, más tarde, por la gravedad de su ausencia– sin molestarse en crear uno propio. Los meses posteriores a la desaparición de su padre produjeron una impresión tan profunda en Olivia que ésta parece haber borrado todas las anteriores, cuyo basamento era la convicción de que seguirían produciéndose en el futuro y habría más y mejores oportunidades de prestarles atención. Olivia ya no puede imaginar a su padre con otra edad que la que tenía cuando desapareció, y tampoco sabe si habría seguido pintando, y qué. La experiencia de la vida, del sentido pleno, sólo es posible en el pasado, mientras que el presente ha quedado reducido a un yermo infértil, se dice Olivia. Quizá se habría apartado de los temas que caracterizan su obra si hubiera vivido lo suficiente para verlos por todas partes después de que la Historia se pusiera una vez más en marcha; o habría dejado de pintar para que la plenitud de lo que había hecho en el pasado y su profunda conexión con el presente se manifestasen en toda su potencia. Durante algunos meses, Emma negoció la cesión de una cierta cantidad de sus obras al principal museo de arte de la ciudad, pero ésta no se produjo; otras instituciones mostraron un mayor interés, aunque éste continuó siendo limitado, comprensiblemente: eran todas pinturas de grandes dimensiones concebidas para ser ensambladas unas a otras siguiendo una lógica interna que nadie conocía, y sólo revelaban su asunto si se les dedicaba una cantidad de atención que pocos estaban dispuestos a prestarles; su padre, quizá para reírse de la fijación inglesa por el género, las había llamado «retratos» y numerado de manera consecutiva. De qué eran retratos era una pregunta que los expertos se habían hecho desde que realizara su primera exposición individual –la única, si Olivia no se

53

equivoca– en una galería del centro, el año en que Margaret Thatcher se vio obligada por fin a reconocer que, pese a todo, los hombres y mujeres independientes que, según ella, eran lo único que existía podían constituirse en una fuerza política y obligarla a abandonar el poder. Olivia piensa –en ocasiones, cuando se refugia en sus pensamientos, por ejemplo mientras conduce, como en este instante, en dirección a la ciudad– que las pinturas de su padre hablan de ello, de ese período en el que una idea de comunidad fue reemplazada por su negación y la fantasía de un mundo de posibilidades ilimitadas; los «retratos» de su padre podían rozar la abstracción, pero su propósito era orgánico, la restitución de una vida que contenía multitudes y que él parecía haber experimentado durante su infancia, en celebraciones familiares en la pequeña propiedad a unos veinte minutos al norte de Blackpool que él y su hermana mayor habían terminado heredando de sus padres; allí había estado rodeado de primos a los que Olivia sólo vio una vez, en el servicio fúnebre que –por imposición de la hermana– se celebró en su parroquia un año después de la desaparición de su padre, en otro cierre en falso de los que iban a producirse en los años siguientes. De aquel viaje Olivia recuerda que el padrastro se sentó junto a ella y a su madre en uno de los primeros bancos de la iglesia como si se tratase de un miembro más de la familia, y que antes y después de la ceremonia nadie se dirigió a él; y también recuerda que la tensión que su presencia había suscitado aumentó incluso después del rito, poco antes de la celebración de un almuerzo al que –a raíz de la situación– ninguno de los tres fue invitado. Volvieron antes de que el sol comenzara a ocultarse pese a que se encontraban en lo más profundo del invierno.

Naturalmente, el padrastro intentó «ser» un padre para ella, al menos los primeros dos o tres años de su relación; pero Olivia desalentó una y otra vez esos esfuerzos hasta que el padrastro dejó de intentarlo y entre los dos se instaló el tipo de indiferencia agradable que presidió su relación hasta hace unos meses, cuando su madre lo llevó al hospital en medio de una de sus jaquecas –que tenía a menudo desde que Olivia lo conocía, pero que habían ganado en intensidad y devastación posterior en los últimos años– y ya no volvió a salir de él. De modo que su madre es ahora viuda –por primera o, dirían algunos, por segunda vez–, y su reacción no ha sido muy distinta a la de las otras ocasiones en las que tuvo que afrontar una pérdida: el silencio, el desprecio por los gestos públicos de dolor y duelo, la continuidad de los hábitos. Una sola cosa es distinta en esta oportunidad, y es que ha decidido dejar el apartamento en el que vivió junto a Edward y después con el padrastro –y con ella, naturalmente, a quien ayer le pidió ayuda para hacer la mudanza–, aunque sólo para instalarse, por absurdo que parezca, un piso por encima, en el mismo edificio, aprovechando, le dijo anoche por teléfono, que el nuevo apartamento es un poco más pequeño pero considerablemente más barato. No hubo oficio para el padrastro, a pedido de Emma; y Olivia no ha vuelto a ver a las personas que conoció en sus últimos meses de vida, una hija veinte años mayor que ella, un hermano, un antiguo compañero de trabajo que parecía extraído de un diorama sucio hallado en la basura; se dijo que tenía que estar junto a su madre en ese momento, pero ella ya estaba instalada en el silencio acusatorio y la aparente indiferencia en los que suele refugiarse de las demandas de dra-

55

matismo en situaciones visiblemente dramáticas, y pareció sorprendida al verla entrar en la habitación del padrastro, que la había llamado utilizando el teléfono móvil de uno de los enfermeros para decirle que quería verla: desde entonces, y hasta último momento, Emma se negó a discutir con Olivia diagnósticos, expectativas, tratamientos, el tipo de cosas que suele constituir el grueso de las conversaciones en hospitales. Y fue Olivia quien le dijo al padrastro que iba a morir: los médicos parecían creer que no informarlo acerca de la dimensión real de su enfermedad iba a permitirle transcurrir mejor sus últimos meses; como sucede a menudo, se trataba más bien de lo contrario, y el padrastro pareció sentir alivio cuando Olivia se lo dijo. Ninguno de los dos reprochó al otro nada, pero tampoco pidió disculpas, y así Olivia perdió la oportunidad de alcanzar un arreglo siquiera provisorio con una parte de su vida, todos esos años de dolor y furia tras la desaparición de su padre que el padrastro no pudo aligerar y de los que nunca se quejó en exceso. Quizá él también se haya sentido aliviado cuando Olivia robó las llaves del taller de su madre y se instaló en él, aunque es igualmente posible que por entonces él ya supiera que su marcha no solucionaba nada, excepto en apariencia. Un delirio desordenado, producto de la medicación para paliar el dolor y de la destrucción de zonas más y más amplias de su cerebro en el transcurso de esos últimos meses de la enfermedad, fue todo lo que Olivia pudo obtener del padrastro; las fechas y las afirmaciones se contradecían y se negaban a sí mismas –desde la de su nacimiento a las circunstancias y el momento en que su madre y él comenzaron su relación, que era algo que Olivia deseaba saber desde la desaparición de su padre–, pero lo que no ofrecía ninguna duda es que el padrastro había amado mucho a su madre, y fue ese hecho el que la reconcilió con él poniendo fin a la incomodidad y los recelos entre ambos. Olivia sintió su muerte como nunca imaginó que lo haría: no era exactamente la muerte de un padre, pero sí la de una persona que había intentado serlo para ella, en las peores circunstancias y de una manera posiblemente errónea; y era también la de una parte de su propia vida, incluso aunque prefiriera no recordarla, como hace en este momento. Las nubes sobre la carretera han cambiado de color y de densidad, y la oscuridad y el aire de expectación que las acompaña le indican que lloverá en unos minutos. Cuando Emma la llamó para decirle que el padrastro había muerto, Olivia se quedó escuchando el viento, que se mezclaba con la voz de su madre a través del teléfono; estaba en la parcela que tiene en las afueras de la ciudad, le dijo, y agregó que, en su ausencia, las lluvias habían anegado su obra y que le tomaría meses reparar los destrozos.

Los primos de Blackpool tenían el mismo color de cabello que su padre y ella, pero la hermana de su padre lo tenía algo más oscuro, casi rojo: debía de habérselo teñido para la ceremonia. Uno de ellos la contactó a través de una red social, años después, para decirle que la había visto en una película independiente y que la había reconocido; tenía una pequeña flota de camiones que distribuía la producción agrícola de la zona, a menudo espárragos, pero él se quedaba en casa cuidando de los niños y haciendo las cuentas. No tenía mucho más para decir, y el contacto entre ambos se interrumpió. La hermana del padre había muerto el año anterior, en una residencia geriátrica que ella misma había escogido y pagaba; nunca se había teñido el cabello, le aseguró el primo.

Después de tratar de colocar en museos las pinturas de su marido, sin conseguirlo del todo, Emma las llevó a un depósito de obras de arte que Olivia visitó en una ocasión, por curiosidad, pero al que no sabría regresar ni siquiera aunque se lo propusiera; de allí, las pinturas siguen saliendo con cierta regularidad, una o dos cada doce meses, a un ritmo relativamente alto para un artista que sólo produjo durante veinticinco años de su vida, únicamente celebró una exposición y no participó de ninguna de las tendencias de su tiempo; lo hacen sin que su madre se involucre en exceso y gracias sobre todo al entusiasmo de la galerista de su padre, una mujer mayor que parece haber convertido la promoción de su obra en un asunto personal; según la mujer, que se llama Christine y todavía tiene su galería en los bajos de un edificio en Princess Street, al sur de la Galería de Arte, el tema de la obra de su padre es el tiempo, que supo incorporar a ella de tres maneras, le dijo en una ocasión: numerándolas, poniendo de manifiesto explícitamente las horas empleadas en la realización de sus pinturas y concibiéndolas como un flujo del que sobresalen tres fechas, que son la de la realización de la pieza, la de su exhibición y la de su adquisición; Edward sabía, le dijo Christine en esa oportunidad, que el tiempo es un activo en la producción de arte, y lo utilizó en su favor, produciendo una cierta cantidad de obra durante un período breve y después dejando que ese activo revistiera a su producción de unas características que ésta no tenía de antemano. Christine le preguntó si alguna vez lo había visto pintando, pero Olivia no recordaba haberlo hecho; habían salido a la calle para que la galerista pudiera fumar —«¿No es verdad que tú también lo has dejado?», le había preguntado al extenderle una cajetilla de cigarrillos de mentol–, y su conversación se veía continuamente interrumpida por el tráfico. «Las mejores piezas de tu padre son de una enorme precisión, extraordinaria», siguió diciendo la mujer. «Sus cuadros pueden rozar la abstracción, pero, si los observas con detenimiento, en todos ellos subyace un motivo que no es abstracto: una multitud, las ventanillas de un automóvil junto a la acera, a veces ese vaso con flores que tenía siempre a su lado cuando pintaba.» Olivia recordaba el vaso, que ella se había apropiado después de su desaparición, a falta de otra cosa, porque le recordaba a su padre. «Le gustaba tenerlo cerca cuando pintaba, en una mesa pequeña», recordó Christine. «Y cuando ya se había acumulado la suficiente cantidad de polvo sobre él, sencillamente lo tomaba y lo depositaba unos centímetros más allá y pintaba el tiesto y la mesa cubierta de polvo y el redondel sobre la superficie de la mesa; el resultado no era una naturaleza muerta, por supuesto, sino una reflexión sobre el paso del tiempo, que a él, como digo, le interesaba especialmente. Tu padre pasó del Barroco al Renacimiento. O de la expresión individual a la alegoría, y de allí al mito. Y finalmente alcanzó la pura gestualidad, que es el sitio al que se dirigen todos los pintores verdaderos. Puedes seguir las evoluciones de aquel vaso sobre la pequeña mesa y datar así su trabajo; a medida que el tiempo transcurría, la mesa se poblaba de redondeles con más polvo, los más antiguos, y redondeles recientes, en los que el polvo no se había depositado todavía: aun en el caso de que no los hubiese enumerado como lo hizo, todavía podrías saber qué cuadro fue pintado primero y cuál después», dijo. «Y ésa es la razón por la que los llamaba "retratos", porque hablaban de la acción del tiempo sobre las cosas, también sobre él. ¿Recuerdas que en los últimos tiempos contraía involuntariamente los párpados, o las manos, y tardaba una eternidad en controlarse a sí mismo para volver a abrirlos?», le preguntó. Olivia lo recordaba. «Sufría espasmos musculares, al final, cuando comenzó a pintar esas grandes obras que nunca terminaba, como si no pudiese ordenar sus ideas o sus impresiones o no supiera cuál de todas las que se le presentaban ante el lienzo era la más prometedora; la correcta, por decirlo así», continuó la galerista. «Y sin embargo, cuando comenzaba a pintar, los temblores desaparecían, como si fueran producto de un tipo de esfuerzo distinto al de pintar, un esfuerzo mayor que el de pintar. A diferencia de tu madre, cuyo trabajo siempre ha estado basado en una cierta dificultad, incluso práctica, que a mí nunca me atrajo, a tu padre le resultaba fácil hacerlo. Pero incluso así es posible que hubiera dejado de pintar en algún momento, cuando su producción corriese el peligro de afectar el valor de su obra. Edward tenía muy claro que la obra artística es o ha sido en los últimos cien años escasez y tiempo, y trabajaba sin perder de vista ninguno de los dos. Y también sabía que el mercado del arte, que es lo mismo que decir la historia del arte, actúa siguiendo un impulso relativamente predecible motivado por el aburrimiento», decía Christine en el momento en que un teléfono comenzó a sonar en el interior de la galería. «Una cosa sigue a la otra, lo que estaba arriba muy pronto se encuentra abajo», continuó, girándose para apagar su cigarrillo en el tiesto con arena de la entrada. «Una obra conformada por pocas piezas suscita un interés mayor que el que provoca una obra cuantiosa, no importa su calidad; el artista desconocido atrae más que el ya conocido, aun cuando este último haya satisfecho las expectativas alguna vez depositadas en él y el primero no: cuanto más tiempo permanece un artista en la sombra, mayor es la luz que proyecta su obra», siguió diciendo la galerista; cuando el teléfono dejó de sonar, se volvió hacia la calle y encendió otro cigarrillo. «No quiero parecer cínica, pero la obra de tu padre se vio muy beneficiada por lo que le sucedió», dijo. ¿Qué creía que le había sucedido?, le preguntó Olivia, y Christine la observó un instante antes de responder: «Murió. Quizá fue asesinado después de ser confundido con otro. Tal vez fue a prestarle ayuda a alguien en problemas y se metió en problemas él también. Y es posible que se haya suicidado, aunque ningún suicida se las arregla para ocultar tan bien el cuerpo; además, tu padre no era de ésos. Tu madre se derrumbó en un par de ocasiones, lo recuerdo; tu padre me habló de ello una vez, de una internación. Pero él no pudo haberse derrumbado porque la aflicción que sentía, que todos sentimos de alguna manera, y que tan útil resulta a los artistas que conozco, y créeme que conozco a muchos, se iba manifestando en él de manera gradual, como el óxido que corroe el hierro». Una brisa que venía del norte, posiblemente de atrás de las montañas, les trajo el aroma dulce de una panadería cercana y un olor a gasolina y a humo; Christine dio una calada más a su cigarrillo y lo enterró a medio consumir en la arena, pero pareció arrepentirse de inmediato y encendió otro. «Quizá tu madre se derrumbase en alguna ocasión, y tal vez lo hiciera tras la muerte de tu padre, cuando el dolor y el agotamiento deben de haber sido insoportables, pero tu padre no podía derrumbarse porque ya estaba caído, de algún modo. No desapareció súbitamente, como quizá creyese la policía, sino de manera gradual, a lo largo del tiempo: todos esos años pintando sin que nadie reparara realmente en ello, sin que nadie mirase sus cuadros a excepción de tu madre y un puñado de amigos, yo, por ejemplo, deben de haberle hecho tener una opinión débil e inestable de sí mismo; con frecuencia, en comparación con tu madre y con su trabajo, tiene que haberse sentido casi invisible. ¿Quién lo dijo antes? "Si es cierto que existimos al grabarnos en otras mentes, al ingresar en otras memorias, entonces él mismo debió sentir a veces que se diluía, como si poco a poco fuera borrado por el desdén del mundo." A veces, cuando lo veía cerrar las manos con un espasmo, contrayéndolas en un puño, yo me decía que era como si en ellas guardara algo que no quería que le arrebataran; pero sólo cuando murió entendí qué era eso que no quería perder.» El teléfono había comenzado a sonar nuevamente en el interior de la galería; Christine dio un suspiro y arrojó el cigarrillo en el tiesto con arena después de haberle echado una mirada con la que tal vez quisiera disculparse por la interrupción. «¿No es llamativo que siempre tropiece con personas como yo, que ya no fuman? Un auténtico milagro», murmuró para sí misma antes de dirigirse al teléfono. Olivia se quedó observándola un instante más a través de la vitrina antes de despedirse con un gesto que la mujer no vio.

Que todo sigue sucediendo en los sitios en los que tuvo lugar es una idea central en el trabajo de su madre, se dice Olivia; y quizá sea la razón de que, por fin, haya decidido mudarse, abandonar el apartamento donde Edward comenzó a desaparecer. Pero no cree que el tiempo —en el caso de su madre, más bien su refutación, la idea de que, consideradas en su dimensión moral, las manifestaciones más explícitas de la violencia y el daño realizados a otros en el pasado proyectan sus sombras sobre el presente— jugase un papel determinante en la obra de su padre, como creía Christine. Quizá se refería a sí misma y a su trayectoria, y sólo superficialmente a la obra de Edward, cuando dijo eso; la galerista es parte de una escena y de unas disciplinas artísticas con sus respectivas formas de vida que se extinguen desde hace algunos años, y, como les sucede a muchas otras personas, esa progresiva pero indudablemente acelerada extinción convierte el tiempo –y el punto en el que éste, ya emancipado por completo de nuestro control, nos deja de lado– en un asunto en el que no puede dejar de pensar. Un profesor suyo –el segundo que tuvo, que en esa ocasión escogió no por su reputación sino por su potencial; es decir, porque todavía tenía más futuro que pasado, algo, por otra parte, poco habitual en la elección de los maestros– vio venir con extraordinaria claridad el acabamiento del arte a finales de la década del 2000, cuando las palabras «usuario», «canal», «contenido» y «productor» aún no habían comenzado a reemplazar expresiones algo más antiguas y nobles como «espectador», «lector», «librería», «teatro», «disciplina», «actriz», «escritor», «pintor», «artista»; se llamaba, absurdamente, Edwin Drood y tenía un local en un barrio de moda, pero pasaba su tiempo en el pub de la acera de enfrente, desde donde observaba, con cierta resignación, cómo iban llegando a la escuela los alumnos cuya progresión ya había desestimado y hacía señas antes de que entrasen al local a aquellos –pocos, principalmente muy jóvenes y muy mayores, como si una especie de generación intermedia de actores y actrices hubiera sido raleada por alguna guerra o no valiese mucho– con los que sí contaba: las clases las daban dos antiguos alumnos suyos –posiblemente los primeros que alguna vez se habían encontrado con que Drood no comparecía, que no iba a asistir a su propia clase, y que a ellos les tocaría aprender por su cuenta–, pero ni los alumnos a los que Drood, sin avisarles, había confiado las clases, ni los otros, ponían en cuestión su autoridad ni el hecho de que, al menos en teoría, tenía mucho para enseñar. Y seguían asistiendo a «sus» clases; algunos con la esperanza de que algún día se pasase por ellas, y otros porque se habían dado cuenta de que no necesitaban de él para aprender lo que Drood tenía para enseñarles, cualquier cosa que esto fuera; por lo demás, las clases eran tremendamente baratas, y el profesor –quien, como admitía en ocasiones, sería el primero en sorprenderse si alguien le demostrara, alguna vez, de algún modo, que es posible aprender algo en una clase de teatro– jamás había perdido un alumno ni recibido una sola queja.

Olivia perteneció desde el primer momento, por alguna razón, al puñado de estudiantes a los que Drood solía hacerles señas desde el interior del pub: cuando le preguntó en una oportunidad por qué no asistía a sus propias clases, Drood se tomó un momento para responder, como si nunca se hubiese detenido a pensar en ello. Pero sí lo había hecho y le dijo que, en realidad, hacía algunos años el teatro había alcanzado ya la época de su acabamiento: demasiadas personas estaban interpretando papeles y pequeños roles en sus vídeos hogareños –con los que se disputaban la atención de otras personas que, por su parte, también estaban realizando vídeos caseros con el mismo propósito– como para que la interpretación pudiera seguir siendo considerada una actividad artística; se había fundido con el hábito narcisista de escenificar una vida personal por completo falsa y había dejado de ser relevante, respondió, como también había dejado de serlo la enseñanza de la interpretación, puesto que sólo se actuaba ya para la televisión y el cine y ambos se producían únicamente para las pantallas de los ordenadores y los televisores de los aviones, superficies cuya pequeñez demandaba que los gestos fueran exagerados, caricaturescos, para poder ser comprendidos. No había redención posible para esas superficies, dijo. Pero, incluso, de haberla, él no sabría dónde buscarla, así que tampoco podía enseñarles a otros a hacerlo. Y lo mismo sucedía con el arte, que ya sólo estaba siendo creado para no ser exhibido, para desplazarse grácil y subrepticiamente del estudio del artista a la residencia de algún rico, la literatura –que se había convertido en un ámbito presidido por la identificación con el personaje y las sentimentalidades predecibles y vacuas– y la música, que estaba siendo creada por apéndices humanos de alguna inteligencia artificial para que ocupase el minúsculo espacio entre los auriculares de última generación y los oídos del oyente, nada más. No siempre Drood se expresaba con esa claridad: todo dependía de la cantidad de alcohol que hubiese bebido hasta el momento, y reconstruir su discurso era en ocasiones como internarse en un bosque que se cerraba una y otra vez sobre sí mismo; como el personaje con el que compartía nombre, su historia permanecía incompleta. Llegamos tarde, repetía a menudo. Y su recomendación a quien quisiera escucharlo era que tomase todo lo que pudiera antes de que el grifo del arte como algo que puede explicar y aliviar la condición humana fuese cerrado para siempre y el valor de una obra –por ejemplo, el de un drama teatral– pasase a estar en su intercambiabilidad con otras, en la repetición de un acto banal que alimente plataformas y algoritmos y en el prestigio decreciente de una tradición respetada por algunos pero más y más desconocida, incluso por quienes la practican. ¿No había reparado ella en el hecho de que ya no hay novelistas sino periodistas que escriben novelas?, preguntaba Drood en ocasiones. ¿Y en el de que ya no era posible distinguir al cineasta de su productor y al pintor de su publicista si uno tenía la desgracia de tener que conversar con uno de ellos en alguna fiesta? ¿Qué tipo de obsesión recursiva embargaba a todas esas personas que sólo se fiaban de filmes y de música que les recordasen a cosas que ya habían visto y escuchado, como si la posibilidad de que, por ejemplo, una nueva novela policiaca presentara algún tipo de novedad respecto a una que les hubiese gustado en el pasado fuera a hacer tambalear su confianza en el género o en la clase de mundo ordenado en el que imaginaban que vivían? Demasiadas personas haciendo lo mismo, y por lo general con las mismas herramientas, para que la diferencia sea posible, le dijo a Olivia en una oportunidad; incluso, para que resulte deseable. Pero un artista es alguien diferente por definición, alguien cuya diferencia lo expulsó alguna vez de un mundo al que intenta regresar con cada nueva obra, sin conseguirlo nunca del todo; en realidad, continuó, él no sabría por dónde comenzar siquiera a enseñar esto, así que esperaba que sus alumnos lo aprendieran por sí mismos. Y que abrazasen el malentendido, que es la forma principal de relación entre un artista y el público; de hecho, es la manera más habitual de comunicación entre las personas. Nadie que esté vivo sabe lo suficiente para enseñar, decía Drood.

Después de aquella conversación con la galerista, Olivia pensó que la mujer estaba equivocada, pero recordó las palabras de su segundo profesor –pronunciadas, por lo demás, sin dejar de gesticular al camarero para que le trajera otra ginebra con tónica que le diera una nueva oportunidad de olvidar el acabamiento– y no se lo tomó en cuenta.

«Una niña seria, extremadamente formal, llena de manías y tics, adorable pero demasiado madura para la edad que tenía», la había descrito Christine. En una ocasión, en una visita suya a la casa para ver obra nueva, recordó la galerista, su madre le había preguntado, antes de dejarla en brazos de su padre, si podía darle un beso, y Olivia, que debía de tener tres o cuatro años de edad, le respondió que qué le hacía creer que podía hacerlo, y no se dejó besar. Olivia se acuerda de los tics, de la inclinación irreprimible a realizar un gesto que prometía liberarla de la repetición compulsiva y nunca cumplía su promesa; pero no de la situación que narró Christine, y se dice que ésta pudo haberla malinterpretado: en su propio recuerdo, la que se negaba a complacer a los otros era la madre, y es la madre la que siempre se ha reservado toda expresión de afecto para una intimidad de la que la hija fue excluida desde el principio.

Uno de sus primeros papeles profesionales: el director exigía del personaje –una joven recién casada, los años veinte, la mujer va a convertirse en una zorra, literalmente– un consentimiento de su situación que el personaje, en opinión de Olivia, no podía otorgar de ningún modo; carecía de experiencia por entonces, y acabó tirando la toalla. No es lo habitual, sin embargo: muy pronto, dio con el tipo de disciplina por el que es apreciada y utilizada con frecuencia por los directores del norte de Inglaterra y de Escocia, una cierta maleabilidad producto del modo en que calibra las demandas contradictorias que surgen de ser un instrumento del director y otorgar algo de su personalidad a la actuación. ¿Por qué se convirtió en actriz?, se pregunta a veces. Olivia cree encontrar el origen de su vocación en aquellos meses en que los policías y su madre la obligaron a interpretar un papel para el que no estaba preparada y en el que, sin embargo, destacó: el de una adolescente que ha perdido a su padre pero consigue controlarse a sí misma, es positiva, ayuda a la investigación en la medida de sus posibilidades, no se entrega a los acontecimientos. La pena era una roca de bordes afilados que podía desgarrar la mano de quien la tomara, pero ella se las arregló para fingir que sus bordes estaban siendo pulidos por el río del tiempo y que no le hacían daño; todo ello era actuación, por supuesto, pero tuvo la importancia de los primeros gestos y, en particular, la de aquellos que nos enseñan algo acerca de nosotros mismos: por entonces, Olivia sólo deseaba escapar, y lo que descubrió al interpretar el papel que se le exigía fue que podía hacerlo en un personaje, en otro. La condición era que no le insuflase ninguna vida que no surgiese de él; que, contra lo que después iba a aprender en la escuela de actuación, no extrajese nada de su experiencia personal para cedérsela: darle su cuerpo –del que, por lo demás, Olivia, como el resto de las personas, no está en condiciones de escapar– es todo lo que puede y debe hacer por su personaje, piensa. Si hay tantas paradojas en la vida de los actores y las actrices, y en su oficio, esto es sólo porque se los reclama para interpretar un papel u otro ya por su aspecto físico, ya por su desempeño en papeles anteriores; pero el primero es una especie de pantalla en blanco sobre la que se proyecta el personaje y es modificado con el maquillaje y el vestuario y una cierta expresividad añadida, y las actuaciones anteriores, si han sido buenas, no permiten inferir nada sobre las que les seguirán. Ninguna interpretación será nunca más convincente, sin embargo, que la de los dos viejos policías que la recogieron del colegio y la llevaron a su casa, donde ya estaba su madre; cuando le dijeron que encontrarían a su padre, ella les creyó, cayó completamente rendida ante su actuación —el vestuario era el apropiado, la dicción resultaba impecable, los estremecimientos y la curiosidad que simulaban debían de haber sido ensayados cientos de veces ya, en situaciones parecidas— y se refugió en ellos, en su seguridad en sí mismos y en la supuesta eficacia de sus métodos, que iba a revelarse infundada. Más de ciento setenta mil personas desaparecen cada año en el país, iba a leer años después en un informe; una cada noventa minutos, deslizándose por las grietas cada día más profundas de una sociedad cuyo daño resulta evidente a quienquiera que tenga los ojos abiertos. ¿Cómo creer que la desaparición de su padre importaría más que la de cualquiera de esas otras personas, excepto para ella y tal vez para su madre? Del modo en que interpretó el papel que le habían asignado, y de las reacciones a esa interpretación, Olivia extrajo la conclusión de que tenía un talento en absoluto desdeñable. Durante años había sido insultada y agredida por sus compañeros de estudios, que veían en ella algo que desconocía y que tal vez temiese tanto como ellos; pero dejaron de hacerlo cuando su padre desapareció, y ella continúo actuando, vaciándose en su papel. Nunca hasta ese momento se le había ocurrido que pudiese actuar, pero hacerlo era lo contrario de quedar atrapada en el sufrimiento; era un modo de escapar de la tristeza paralizante que embarga a las personas que se transforman en víctimas cancelando así la posibilidad de que el futuro vaya a asignarles otro papel, mejor o menos dañino. En aquella época Olivia no hacía nada por placer, pero comenzó a hacer cosas que parecían placenteras —que lo habían sido para alguien en el pasado y que tenían, por consiguiente, la reputación de serlo— y en esa especie de huida del dolor acabó dando con su contrario: ninguna de esas cosas le generó ningún deleite hasta que empezó a hacerlo. Olivia no era lo que se suponía que debía ser; pero intentando averiguar si era otra cosa se había convertido en esa otra cosa, y ésa era toda su historia. Nunca se lo había contado a nadie, excepto a Edwin Drood y a la novia de Bury, y sólo el primero pareció haber entendido a qué se refería.

La novia de Bury tenía también sus pequeños placeres y preferencias, recuerda Olivia mientras conduce en dirección a la ciudad, todavía –y antes incluso de vislumbrar las luces de Unsworth pese a que conduce a la velocidad máxima permitida en este tramo de carretera, una velocidad relativamente alta–, y estas últimas se correspondían todas con actores de las décadas de 1940 y 1950, que estudiaba con tanta atención que sus actuaciones se veían impregnadas de cierta androginia, además de por una gestualidad antigua, y por esa razón, misteriosa. En ocasiones, cuando hablaba de Claude Rains o de Cedric Hardwicke, de Michael Hordern o de Alec Guinness o de Laurence Olivier, se refería a ellos como si los conociese realmente; en algún sentido, así era. Pero el hecho, piensa Olivia, es que, aunque todos creemos conocer a los actores y a las actrices y pensamos que podríamos reconocerlos en la calle, en realidad, si éstos son buenos, si han aprendido a comerciar con las apariencias, no conseguimos saber nada de ellos nunca. Naturalmente, la frustración que suele producir leer una entrevista a un actor o a una actriz está relacionada con esto: no hay ninguna buena razón para que alguien cuyo trabajo es huir y ser otro tenga algo que decir sobre sí mismo; el fondo del que salen sus opiniones y sus respuestas a las preguntas en una entrevista está vacío, y sobre el vacío no puede erigirse ningún monumento, excepto la actuación. Pero uno podría saber todo acerca de un director, en especial de un director teatral, piensa Olivia, escuchando y estudiando a los actores y a las actrices que emplea, viendo en ellos lo que el director pudo haber visto, e infiriendo así su personalidad y sus gustos, como si uno se detuviese frente a una pintura y sólo reparara en la violencia de las pinceladas sobre el lienzo –pero no en lo que su creador pudo haber deseado representar con ellas– y se abstuviera de toda interpretación concluyente; como si abrazase, aquí también, el malentendido.

Una vez, en una de las escasas oportunidades en que su madre le preguntó por su trabajo –aunque por el aspecto más banal de ese trabajo, por cómo hace para memorizar monólogos tan extensos como los que interpreta–, Olivia le confesó que se orienta por las repeticiones, las homofonías, las rimas internas: todas esas cosas que quienes creen que se debe escribir y hablar «bien» tienden a menospreciar y, sin embargo, constituyen la esencia misma de la literatura, el aspecto en el que ésta más se aproxima, más se parece, al flujo de nuestro pensamiento y mejor se inscribe en nuestra memoria, como un murmullo insistente que escuchamos sin reparar del todo en él mientras los textos parecen hablarnos de otras cosas. Olivia se entretuvo unos minutos explicándoles –su padrastro estaba con ellas, y tal vez fuese la razón por la que su madre mostraba interés en su trabajo, a modo de respuesta a un reclamo que él le hubiese hecho en algún momento– cómo memorizaba los textos apuntando, al comienzo, tan sólo las primeras palabras de cada frase y luego, sencillamente, sus sonidos; les puso como ejemplo una pieza que estaba escribiendo, pero no les dijo que era suya, por vergüenza: su madre pareció complacida por la explicación y a Olivia le produjo una rara satisfacción haberla complacido, como si hubiese estado esperando años su reconocimiento sin saberlo. De niña, el mundo le parecía perfecto e inmutable; cada cosa tenía un sitio asignado en él excepto ella misma, que podía recorrerlo a su antojo hasta dar con el lugar que más le gustase y permanecer en él todo lo que quisiera. Se recuerda seria, como la describió la galerista, pero le gustaban los ponis de juguete, las cosas de color amarillo y los libros desplegables; no le gustaban los caballos ni las aglomeraciones, pero lo que menos le gustaba –lo que, de hecho, temía– era decepcionar a su madre, a quien, por lo demás, daba la impresión de que todo lo que Olivia hacía le resultaba decepcionante. La desaparición de su padre terminó de desbaratar las ideas de orden que había tenido hasta ese momento; pero lo que realmente trastornó su mundo, mucho antes de esa desaparición, cuando su carácter todavía era maleable, fueron la frialdad de su madre y las distancias que interponía entre ambas, que Olivia sólo ha sido capaz de acortar, en parte, en los últimos años; lo ha hecho con un flujo regular de correos electrónicos y encuentros que Emma somete tácitamente a un puñado de reglas: se ven siempre en lugares públicos, por lo general una hora y media antes de que éstos cierren para que la cita no se extienda demasiado ni propicie la confidencia; nunca van más allá de la superficie de los asuntos sobre los que hablan, que cada una de ellas tiene la libertad de desarrollar durante cuarenta y cinco minutos, es decir, durante la mitad del tiempo que comparten, que Emma distribuye sin necesidad de consultar su reloj; si alguna desliza que tiene planes para después –una cena, el teatro, una caminata junto a alguno de los canales de la ciudad–, la otra no puede preguntar si se le permite sumarse a ellos, porque lo que sucede al margen de sus encuentros pertenece a una intimidad acerca de la que se puede hablar retrospectivamente –si se lo desea–, pero que, por definición, no se puede compartir. No es mucho, pero es bastante más de lo que tenían antes, y Olivia recuerda que comenzó en aquella oportunidad; en el momento en que su madre reconoció por primera vez que había algo que la hija sabía hacer y que ella no aprendería nunca, que la hija la aventajaba en algo. Olivia, por su parte, todavía puede recordar lo que sintió en aquella ocasión, la vanidad y el orgullo infantiles que la embargaron: fue como si en ese instante se hubiese roto algo entre ellas, pero lo que se rompió es, en realidad, lo que Emma había roto, el vínculo entre dos mujeres que acabarían siendo muy parecidas y cuyo único infortunio era el de ser madre e hija; cuando lo que permanecía dañado se deterioró a su vez, en torno a aquella conversación sobre el trabajo de Olivia, lo que lo reemplazó no fue la reconciliación, sino algo más interesante, la oportunidad de que las dos mujeres puedan estudiar sus facciones y su carácter, por fin, en el espejo que les ofrece la otra.

«Los mayores trastornos de la vida humana surgen cuando se producen alianzas secretas entre generaciones», escribió alguien; Olivia, por una vez, no recuerda quién pudo haber sido. Emma es inflexible, y quizá su padre fuera demasiado débil para enfrentar al mismo tiempo esa inflexibilidad y los cambios de aquellos años, el acabamiento y las guerras y la impresión de que lo que él y otros como él sospechaban en su juventud resultó ser cierto y ya no hay futuro, o ningún futuro que no resulte doloroso concebir. Cuando era niña –cree recordar– Olivia amaba a su madre; pero era con su padre con quien se confabulaba. No sabe cómo llegó a ese extremo, pero estaba convencida, o eso recuerda, de que ella era responsable de que sus padres estuviesen bien, de que hubiera cierto equilibrio entre sus fuerzas, que parecían muy desemejantes; incluso aunque fuese un equilibrio desesperante y producto de la desesperación. Que su padre desapareciera acabó con todo ello, dando comienzo a la serie de papeles que Olivia interpretó a partir de entonces, incluyendo el de la hija que rechaza –y ama, pero, en primer lugar, rechaza– a su madre y lo que ella representa: toda esa distancia que ésta le impone y que Olivia, sin embargo, acabó instalando entre las dos también, como si para triunfar sobre Emma hubiera tenido que ser más dura, más inflexible, y, finalmente, igual a ella; si lo ha conseguido, se dice, es porque no comprendió a tiempo que su victoria era un modo relativamente sencillo de ser derrotada. Una vez, cuando todavía vivía en el taller de Back Piccadilly, no lejos de una casa de la que se sentía expulsada y a una distancia que su madre, pese a la proximidad, nunca recorría, Olivia le envió una tarjeta de cumpleaños en la que había escrito «Gracias por ser como una madre para mí». Pero años después, cuando recordó que le hubiera gustado saber cuál fue la reacción de su madre al recibir la tarjeta, ya era demasiado tarde para preguntarle por ella, y le pareció que el chiste no tenía gracia.

Quizá nieve en Ramsbottom, escuchó en la radio hoy por la mañana, pero en la carretera parece haber estado nevando hasta hace unos minutos; los copos de los árboles del

Heaton Park están cubiertos de una pátina plateada, al igual que la carretera; la lluvia es inminente, pero se aferra a esa inminencia como si obtuviese de ella una especie de placer, y no se desata todavía; como Olivia viaja con el techo de cristal de su coche descubierto –siempre lo hace así, desde que compró el automóvil–, se siente dentro de una especie de burbuja que se hubiese formado en la profundidad del mar. Después de interpretar el papel que le impusieron su madre y los policías tras la desaparición de su padre, tuvo otros, por supuesto: muchacha punk, estudiante de arte dramático, guía de turistas extranjeros –durante un período relativamente extenso en el que se reconcilió con la seducción y el engaño, único contenido de sus guías por lugares cuyo atractivo sólo radicaba en las frases ingeniosas con las que Olivia las promocionaba, cosas como «lugares que preferirías no tener que visitar de noche si eres una chica» y «cómo desaparecer en Mánchester», que acabaron siendo imitadas por otros–, actriz en pequeñas producciones estudiantiles y luego en filmes sin presupuesto y después en producciones algo más importantes y en filmes con algo de presupuesto y posibilidades, paciente de dentistas, paciente de ginecólogos, paciente de médicos generalistas, paciente de psicólogos –por exigencia de los servicios sociales tras la desaparición de su padre y luego, años después, y brevemente, sólo porque se lo pidió un novio que tal vez lo necesitase más que ella y con el que, de todas formas, rompió poco después de acceder a su pedido–, contribuyente, conductora del automóvil del novio que la envió al psicólogo y después de uno de segunda mano, que es el que conduce en este momento, residente de Bury, residente de Ramsbottom, actriz en residencia de un teatro al sur de la ciudad, amiga de la novia en una boda, amiga de la novia en un filme, novia ella misma, dentro y fuera del cine, actriz de reparto, actriz principal de una pieza sobre una niña feral, intérprete del monólogo de Molly Bloom en otra, María Antonieta en una tercera, parte del elenco de una puesta en escena de *Marat/Sade* de Peter Weiss, protagonista de una adaptación de *Der Weltverbesserer* de Thomas Bernhard, actriz principal en tres piezas didácticas de Bertolt Brecht, *El consentidor y el disentidor*, *La medida* y *La excepción y la regla*, madre, en un filme, y antes de todo ello, *okupa* y camarera en un restaurante indio y después en otro indio y más tarde en un local de comida rápida extremadamente sórdido en Strangeways, encajonado entre un hotel de tres estrellas y un aparcamiento; por la noche, al comienzo de cada nueva hora, las camareras tenían que subirse la camiseta para animar a los clientes a consumir, y ella, que al principio se resistía a hacerlo, descubrió que le resultaba fácil exhibirse ante los extraños. Por entonces, Olivia pensaba que no le molestaría desnudarse por completo si el dueño del restaurante se lo pedía y estaba dispuesto a pagarle más por hacerlo; como al resto de sus compañeras de trabajo, sin embargo, los clientes le parecían amenazadores: habían creado entre todas una coreografía de acompañamientos y vigilancia mutua que realizaban cuando el dueño echaba el cierre y ellas se dirigían a sus coches en el aparcamiento, en plena madrugada, sin saber si alguien se ocultaba entre los vehículos. Pese a ello, Olivia también se decía que, si tan fácil le resultaba desnudarse, tal vez no le fuera difícil prostituirse, como las mujeres, casi todas de Europa del Este, que solían deambular por el aparcamiento en busca de clientes solos o para sumarse a alguna de las pequeñas orgías y de los intercambios de parejas que se producían en algunos automóviles a ciertas horas de la noche, de los que Olivia tenía noticia por sus compañeras de trabajo y porque a veces encontraba en el suelo monedas y llaves y objetos de ese tipo, caídos de los pantalones o de los bolsillos de las chaquetas de personas que se vestían y se desvestían con rapidez y mientras pasaban de un coche a otro: aunque creía que ella podría ser una de esas mujeres y que, en realidad, sólo se trataba de actuar, nunca intentó prostituirse realmente, y se siente agradecida por no haberlo hecho, aunque no sabe a quién. Por entonces estaba furiosa consigo misma a pesar de que no podía saber cuál era la causa de su enfado y por qué razón éste estaba dirigido contra ella y no contra otras personas, por ejemplo contra su padre, o contra los clientes del restaurante, cuyos rostros —atemorizadores, cohibidos, perplejos, censuradores, desfigurados por el deseo— se le aparecían a menudo cuando no estaba trabajando; contra quienes hacían de los cuerpos de mujeres como ella una superficie de refracción y un espacio a desbrozar, a someter o adquirir; contra quienes continuaban aferrándose a una defensa reaccionaria y dañina de categorías como mujer y hombre, y de las limitaciones que éstas entrañan, en lugar de disfrutar de la subversión de todas ellas; contra esos síntomas del malestar y del daño, cuya continuidad —iba a decir su madre, años después, con su intervención en un antiguo hospital de alienados— médicos y enfermeros hacen posible mediante la preservación de los síntomas. Olivia podría haber atribuido las causas de su descontento a los otros, como hace la mayor parte de las personas; pero por entonces ya había comprendido que aquéllas se encontraban en ella misma y no en los demás, a pesar de lo cual no dejaba de castigar a estos últimos si se sentía inclinada a hacerlo: se peleaba a golpes en los pubs con hombres y mujeres, empujaba a los ancianos que se entretenían en los cruces peatonales y en la cola del autobús; en una ocasión, se puso furiosa con una mujer con un carrito de bebé que no la dejaba acceder a la caja de un supermercado y tiró el carro de una patada pensando que sólo contenía alimentos, pero dentro había un niño dormido que comenzó a berrear cuando tocó el suelo; Olivia y la madre del niño se quedaron mirándolo un instante, como si ninguna de las dos acabara de entender qué había sucedido, y luego Olivia salió corriendo.

Un tiempo atrás, cuando todavía sentía ese odio a sí misma, que proyectaba en los otros sin librarse nunca del todo de él, Olivia desarrolló una extraordinaria habilidad para poner zancadillas a las personas que le desagradaban, en especial a aquellas que hablaban a los gritos en el teléfono; cuando las calles estaban mojadas o cubiertas de una fina capa de hielo, las caídas eran espectaculares. Y nunca se producían dos iguales: Olivia se detenía a observarlas aprovechando la confusión de los caídos, que por lo general se precipitaban en el suelo a alcanzar sus objetos personales —a menudo el teléfono móvil, que parecía preocuparlos más que su dolor, del que, sin embargo, era causa directa— y para disimular la vergüenza, por la que todos sin excepción parecían sentirse súbitamente asaltados, como si ellos fueran los culpables del tropiezo y la curiosidad de los que se veían obligados a avanzar esquivándolos, casi siempre sin ofrecerles ayuda alguna. Una sola vez la zancadilla no funcionó; se la hizo —ya no recuerda por qué— a una joven que llevaba un chubasquero amarillo, y aunque la joven trastabilló, se mantuvo en pie y se dio la vuelta: entre todos los rostros que podía haber estudiado en busca de un posible culpable, y aunque Olivia no se había detenido, miró directamente el suyo, y de pronto le sonrió, como si lo hubiera entendido todo. Unos minutos después tenían sexo en el baño de una oficina de empleo que estaba doblando la esquina; el vigilante de la entrada no las había detenido porque ambas tenían el aspecto de quien necesita desesperadamente un buen trabajo y algo de dinero. ¿Quién recuerda lo que acecha en el corazón del hombre?

Aunque el odio que Olivia sentía por entonces estaba dirigido hacia sí misma, sus causas la excedían y estaban vinculadas con el extrañamiento con su madre, con la desaparición de su padre, con el hecho de ser una mujer joven en un mundo que sólo lentamente parecía reconocer su existencia y la legitimidad de sus pequeños y grandes placeres y ambiciones; por entonces tenía una sed de aventuras y un deseo de ser libre y carecer de complejos y de reparos que se enfrentaba a su necesidad de compasión, de ayuda y de solidaridad. El carácter individual, y la forma en que éste encaja o no encaja, gusta o no gusta al resto de las personas, se deriva de la forma en que se resuelve ese tipo de conflictos; pero Olivia ha hecho algo ligeramente distinto a resolverlo y, por lo tanto, no está segura de tener una personalidad como la de los otros: ha escapado del problema refugiándose en los personajes que interpretó hasta ahora, en cuyas motivaciones y necesidades encontró las mismas necesidades y las mismas motivaciones que ella tiene, pero resueltas, o abandonadas en un punto de irresolución y estabilidad por un dramaturgo mucho más talentoso de lo que la vida parece ser en general. La novia de Bury usaba un champú infantil que despertaba en Olivia, cuando la observaba saliendo de la ducha —disipado por unos minutos el olor del tabaco que solía impregnarle los cabellos y la ropa: su antigua novia, al igual que su madre, es una fumadora entregada a la causa sin partido de la destrucción personal a manos de una antigua exportación americana–, unos deseos contradictorios de posesión y de cuidados, una necesidad de tener sexo con ella y un cierto embarazo por tener que admitir ante sí misma que esa necesidad surgía de una fragancia infantil; los pliegues de su cuerpo, que se multiplicaban con las contorsiones del sexo, no eran muy profundos, pero Olivia deseaba en momentos así poder introducirse en todos ellos, suspendiendo el tiempo. Quizá no había contradicción realmente, y uno puede desear a alguien porque algo en esa persona recuerda la inocencia o la seguridad de la infancia, y tal vez no haya en realidad una contradicción entre aspirar a la libertad y a la solidaridad, a la posesión de un carácter individual y a dar y recibir ayuda; como sea, de pronto, el aroma de la novia de Bury y de su champú es intensísimo, más intenso que el tacto del volante y la resistencia del pedal bajo su pie derecho, más agudo que las imágenes de los coches que preceden al suyo y se alejan o se acercan enmarcados por los árboles y el cielo y las urbanizaciones junto a la carretera. Y aunque Olivia va a tener un accidente en unos minutos, pese a que va a precipitarse contra las vallas que separan la carretera del bosque y sus secretos, no es el aroma de su última novia el que provocará el accidente: para cuando éste tenga lugar, su aroma estará tan lejos como su recuerdo, pero habrá sido de una intensidad extraordinaria, como los gestos que las histéricas interpretaban para sus médicos y para sí mismas no muy lejos de donde se encuentra, en un hospital que quizá todavía tenga trazas de la intervención que hizo su madre en él; o como esas sesiones de espiritismo, en un pasado no del todo remoto, que ofrecían a ciertas mujeres la ex-

80

cusa para atraer la atención sobre ellas, y con las que obtenían autoridad y respeto —dos cosas de las que, se sabe, sólo los hombres disfrutaban por entonces— mediante la explotación de virtudes supuestamente femeninas como la sensibilidad y la capacidad de escuchar a los otros, en este caso, a los muertos. Un día le preguntó a su padre si creía en los fantasmas; pero su padre, que tal vez fuese ya incapaz de responder una pregunta de manera directa, le dijo que en una ocasión había leído que éstos no pueden posarse en las superficies escritas: pueden hacerlo en todas las demás —en las de porcelana, en las de piedra, en las de madera, incluso sobre el papel—, pero jamás sobre una superficie en la que se haya escrito algo. Y por esa razón, le dijo, Olivia debía escribirlo todo, incluso las cosas más nimias; simplemente para que el fantasma no se posase un día sobre ellas. Pero esa conversación tuvo lugar antes de que su padre desapareciera, por supuesto; antes de que él mismo se convirtiese en el singular protagonista de una historia de fantasmas.

Una tarde de invierno, mientras la novia de Bury y ella estaban bebiendo en un pub y conversando, antes de irse a vivir juntas a Bury, su novia salió a fumar; afuera hacía frío y ya había oscurecido, y las ventanas del pub estaban empañadas por el sudor y el aliento de las personas en su interior, que permanecía oculto a las miradas desde la acera. Olivia escribió unas palabras con un dedo sobre el vidrio mientras esperaba a que la novia de Bury regresara; ya no se acuerda de qué palabras eran ésas, pero eran para ella, que ya era su novia, y todavía recuerda cómo el rostro de la novia de Bury comenzó a surgir tras las palabras escritas en el vidrio empañado y Olivia pudo ver a la joven por fin con claridad, como no había podido verla hasta ese momento.

Más habitualmente, sin embargo, la escritura no revela nada; parte de una compulsión sin motivo y su punto de llegada es una opacidad sobre la que sólo arrojan alguna luz, si acaso, otros textos, que se oponen a ella, la sostienen, le sirven de fundamento, limitan con ella como los países en los mapas. Olivia va a entrar a Middleton Road cuando recuerda que en una oportunidad asistió como parte del público a una pieza sobre un hombre que había perdido a su hijo: el hombre pensaba en él mientras hacía la maleta, pensaba en todo lo que podrían haber hecho juntos si tan sólo el hijo hubiera alcanzado la adolescencia; pero no había sido así, de modo que el hombre –el actor, en su monólogo– terminaba de hacer el equipaje, dejaba la habitación en la que había estado hasta ese instante, se acercaba a la puerta del apartamento, abría la puerta –que daba a un pasillo a oscuras que en ese momento parecía entrar en la vivienda como una ola– y se aprestaba a salir, pero vacilaba; a continuación deshacía la maleta, se sentaba en la oscuridad, se quedaba tratando de decidir qué hacer a partir de ese momento, cómo continuar, pero la pieza se interrumpía antes de que el hombre consiguiese verbalizar su decisión, si es que llegaba a alguna, y el público se veía obligado a abandonar la sala como si la pieza no hubiese terminado, en silencio, con cierta culpabilidad, antes de que alguien volviese a encender las luces y la inquietud pudiera ser reprimida –como es habitual– con una broma privada, un comentario susurrado al oído de alguien –por ejemplo, sobre el fondo autobiográfico de la pieza; su autor acababa de perder una hija pequeña cuando la escribió, pero ¿por qué le había cambiado el género en la obra?–, una invitación a lo que sea que se desee hacer a continuación, una ojeada al reloj y el cálculo –expresado de inmediato en voz alta, para beneficio del acompañante– de que hay que regresar al automóvil para echar algunas monedas más en el parquímetro. No hay relación entre una cosa y la otra –o sólo la que establecen la irresolución y la pérdida–, pero Olivia pasa a recordar, a continuación, un relato que leyó una vez –y cuyo autor, en este caso, no recuerda– en el que el narrador, que estaba de pie en un tranvía repleto, tal vez en una ciudad centroeuropea, observaba a dos jóvenes de pie sobre el acordeón del vehículo, uno junto al otro: no se tocaban, no se dirigían en ningún momento la palabra; pero cuando el tranvía doblaba una esquina, y como atraídos por el movimiento del vehículo, caían uno en brazos del otro; había una maleta desconchada a sus pies y un silencio indescifrable en las calles del centro de la ciudad, y el tranvía se dirigía a la estación principal de trenes; el narrador imaginaba la historia de los dos jóvenes: quiénes eran, por qué se separaban, cuál de los dos era el que se iba, adónde, qué era esa añoranza algo prematura que parecía embargarlos cada vez que el vehículo, al torcer en una esquina, los arrojaba en los brazos del otro, de dónde provenía la delicadeza con la que se decían adiós. No era una historia especialmente interesante, y resultaba evidente que el narrador no estaba esforzándose, o, mejor, que creía que incluso los acontecimientos más importantes de nuestras vidas tienen causas que no lo son, pero el hecho es que el narrador –y esto sí lo recuerda Olivia con claridad– se decía que no podría haber creado su historia si hubiese conocido la de los personajes –su «verdadera» historia, por decirlo así–, pero que desde ese momento ésta existía junto a la otra, a la «verdadera», sin que sus protagonistas supieran jamás de su existencia, y que quizá en la confluencia de ambas historias hubiese algo que arrojara luz sobre las dos, la verdadera y la imaginaria. Un tercer relato, por último –de hecho, una novela–, que Olivia recuerda mientras continúa conduciendo, narraba la historia de un joven español que una tarde compraba una maleta a su novia en un anticuario; la maleta tenía unas iniciales, como sucede en ocasiones, pero sólo meses después de hacer el regalo, cuando al protagonista se le hacía claro que ya no podría apartarlas de su mente, esas iniciales se convertían en una especie de ofuscamiento, en el asunto principal de unas investigaciones que el personaje nunca había creído que haría, pero para las que se revelaba singularmente talentoso; al final del libro, la novia lo había dejado y la maleta resultaba haber pertenecido a un escritor que había muerto escapando de los nazis y tal vez de algo más peligroso aún, y, por consiguiente, inconfesable, y que se había suicidado o había sido asesinado o había muerto a raíz de una sobredosis involuntaria en un pueblo español, en uno de los países que más y peor lo iba a leer desde el momento en que lo descubriera: la indagación –algo lenta, pero en última instancia reveladora– era también una pesquisa en torno a la Guerra Civil de ese país, iluminada a menudo por focos que en la mayor parte de los casos sólo han arrojado sobre ella las sombras de la resignación y el perdón sin perdón y sin arrepentimiento. Ninguno de los tres relatos parece guardar ninguna vinculación entre sí –de hecho, Olivia ni siquiera ha terminado la novela sobre la desaparición del escritor que huía–, pero los recuerda mientras observa cómo la lluvia se desata sobre Middleton Road porque en los tres hay una maleta, un objeto banal pero prometedor. Quizá, se dice mientras baja a la ciudad, su madre le haya pedido que la ayude con una mudanza para la que muy probablemente no necesite ayuda alguna —puesto que, como es habitual en ella, ya lo habrá arreglado todo, y además sólo hay que mover las cosas una planta— porque quiere que Olivia se despida del apartamento en el que pasó sus primeros años: el tipo de situación en el que abundan las novelas malas, que sin embargo son, desafortunadamente, las más realistas, las más verdaderas. Pero Olivia no tiene intenciones de despedirse, o no de la manera en que tal vez su madre ambicione, puesto que hace tiempo que éste no significa nada para ella, o demasiadas cosas. Quizá —y ésta es la razón por la que la pieza teatral, el relato, la novela, acaban de deslizarse por su mente como por sobre una superficie helada— su madre también tiene para ella una maleta con algunas de las cosas que su padre dejó tras de sí y que, hasta donde Olivia sabe, tienen que estar todas aún en el apartamento a excepción de sus cuadros; una valija que, a modo de equipaje, la madre vaya a entregarle, con la ambigüedad característica de todos sus gestos, para que a partir de ese momento, sea su carga, y no la de la madre, y para que ella tenga algún recuerdo material —el objeto banal pero prometedor, como una escritura que aún no hemos leído, que nos acecha— del padre muerto. Pero, por supuesto —recuerda Olivia, que tiene que decírselo a sí misma para recordarlo—, su padre está vivo.

Uno de los trabajos más extraños que tuvo durante los años en que estudiaba actuación consistió en leer por teléfono a desconocidos; era un servicio nuevo, que un amigo suyo había creado con la aspiración de que diese dinero, una pretensión no del todo irrazonable, pero que se reveló inmotivada y que en última instancia llevó a que el servicio durase poco a pesar de que, mientras existió, fue bastante popular, aunque no del modo en que su amigo había imaginado: su idea era que el cliente escogería un texto y pagaría una pequeña suma por adelantado para que alguna de las tres personas en plantilla –Olivia, su amigo y el novio de este último– lo leyera por teléfono a una tercera persona a la hora y en el día que les hubieran indicado, haciendo saber quién hacía el regalo y por qué; pero lo más habitual era que los clientes contratasen el servicio para ellos mismos, para que les leyeran en el momento en que llamaban, como si el texto que escogían de la lista publicada en la página web de la empresa –por lo general, un poema– fuera un remedio cuya administración no admitía demora. Los poemas que los clientes seleccionaban solían parecerle cursis a Olivia, pero ésta se esforzaba por no juzgarlos, ni a las personas que los habían escogido: suponía que significaban algo para sus clientes que ella desconocía, y ese significado no necesitaba justificación, excepto cuando tropezaba con algún tipo de resistencia. No había resistencia por parte de Olivia, sin embargo; en una ocasión, el organismo nacional de atención a las personas ciegas contrató el servicio para un pequeño número de sus beneficiarios, y así fue como ella comenzó a leer *Cumbres borrascosas* a una veintena de números telefónicos, una y otra vez, durante horas, a la velocidad y con los avances y los retrocesos y las repeticiones que sus clientes le pedían. Pero el organismo canceló el servicio tres o cuatro meses después de haberlo contratado y Olivia no pudo terminar de leer el libro, excepto a media docena de personas que llamaron para continuar la lectura. Olivia siguió con ellas, leyéndoles, atenta al aprendizaje que estaba realizando y a las reacciones de los clientes, a menudo pequeños balbuceos de satisfacción o gemidos de asentimiento y, a veces, un pedido de que se detuviera, o fuera más rápidamente, o regresase sobre alguna frase. Una sola vez alguien la interrumpió abruptamente mientras leía, y al hacerlo generó una situación que Olivia no había previsto en absoluto y que nadie la había preparado para enfrentar. «¿Qué lee?», le preguntó. «Es Joseph Conrad... *Nostromo*», respondió Olivia; pero el hombre al otro lado de la línea se apresuró a corregirse: «Lo sé. Yo mismo escogí ese libro... Pero me refiero a qué lee para usted, cuando no está leyendo lo que le piden», dijo. Olivia se preguntó por un momento si debía decirle la verdad: sobre su mesa tenía una revista de modas, un periódico feminista que hacían unos punks –y desde cuya portada Judith Butler sonreía con cierto escepticismo, anticipándose al rechazo de algunas de sus ideas más radicales y certeras, que ya estaban siendo desplazadas por las versiones más consensuadas, superficiales y rentables del movimiento–, una valva que había recogido en la playa de Bibione el verano anterior, en un viaje a Venecia, un paquete de *pear drops* ya vacío. Olivia había comenzado a leer un libro la tarde anterior; pero a poco de haber empezado se había dado cuenta de que no estaba concentrándose en la lectura, de modo que había vuelto sobre el comienzo, aunque tan sólo para volver a detenerse unas pocas páginas después, cuando había notado que seguía sin comprender del todo qué sucedía en el relato; lo había intentado una tercera vez, desde el comienzo, pero, naturalmente, el miedo a no concentrarse lo suficiente le impedía leer: abría un abismo entre la historia y ella en el que, como en un espejo, se veía a sí misma intentando leer y no pudiendo hacerlo; así eran las cosas en esa época, y Olivia sólo recordaba el nombre del autor del libro, que era prácticamente un desconocido, de modo que no supo qué responder. «Bueno, no tiene importancia», dijo el hombre al otro lado del teléfono. «Sólo quería asegurarme de que no está usted leyendo algo que no le interesa, únicamente por una cuestión profesional.» «No, no, me gusta *Nostromo*...», contestó Olivia. «¿Cuál cree que es el tema del libro?», le preguntó el hombre tras un instante. «Quizá que la ambición condena a quien se somete a ella», murmuró Olivia; pero el hombre se apresuró a negar: «No, no creo que ése sea el tema del libro, en realidad», dijo. «Verá, leí *Nostromo* dos veces al año, con mis estudiantes, durante treinta y cinco años de carrera; si no recuerdo mal, cuando comencé a hacerlo pensaba, como usted, que *Nostromo* era una crítica a la ambición desmedida y al expolio del imperialismo de tipo colonial, y quizá lo haya dicho así a mis alumnos, más o menos con estas palabras. Sin embargo, ahora creo que el asunto de la novela es otro...», continuó. «Lo que Conrad se propuso en ella es poner de manifiesto que el orden es preferible al desorden y que los que consideramos los derechos del hombre van en su detrimento y lo destruyen. También, de forma más general, lo que Conrad dice aquí es que todos los así llamados "pecados capitales" son en realidad uno solo y conforman la guía del comportamiento humano. Conrad sugiere o insinúa que la maestría en el arte de la vida radica no en combatir nuestra inclinación a la ira, la soberbia, la gula, la avaricia, la pereza, ya que despojarse de ellas es imposible, sino en someter todas esas inclinaciones a un propósito que, siendo útil para uno, no sea del todo inútil para los demás... Qué edad tiene usted, si puedo preguntar», se interrumpió el hombre. «Veintitrés», respondió Olivia por reflejo. «Yo tengo ochenta y cuatro», dijo la voz en el teléfono, «y, si miro atrás, veo que he hecho más daño que bien, en especial en todas esas ocasiones en las que pensé que no estaba haciéndolo, en que creí que estaba actuando con rectitud. De modo que, si me lo permite, me gustaría pedirle que usted no haga daño, que no se abstenga de nada ni se obligue a renunciar a pulsiones a las que, de todas maneras, no podrá renunciar. Pero no se proponga hacer daño a nadie, ya que va a hacérselo de todas maneras, puesto que estar vivo es, indefectiblemente, hacernos daño y hacérselo a los demás con cada una de nuestras acciones», agregó, y luego dijo: «Y ahora, si no le parece mal, sigamos con *Nostromo*». Fue la única vez que Olivia recibió una lección de un cliente, y aún no la ha olvidado.

Que su padre está vivo es algo en lo que Olivia –aunque hubiese preferido no hacerlo– nunca pudo dejar de creer desde que desapareció: primero, con el deseo infantil de que la pérdida que experimentaba no estuviera sucediendo en realidad, que fuera un sueño o una ilusión; y después, con la certeza adulta de que el hecho de que no hubiera un cadáver, si no desmentía la idea de que su padre estaba muerto, al menos la ponía bajo una luz ambigua. La desaparición es un tipo de acontecimiento singular, que deviene rápidamente estado y pone de manifiesto que la indeterminación y el doblez son parte de la naturaleza secreta de las cosas de este mundo; no es equiparable a lo que nos sucede tras la muerte de alguien, cuando –durante un cierto tiempo, a menudo tan sólo a lo largo de un año– determinados objetos y algunos hábitos nos recuerdan a la persona muerta, o más bien al hecho de que ésta ya no vive, sino algo distinto, un régimen presidido por la duplicidad, en cuyo marco cada pequeña cosa es ella misma y a su vez, potencialmente, la pieza que faltaba en el puzle de la desaparición, que explicaría, por fin. Olivia sigue sobre-saltándose cada vez que lee en la prensa acerca del hallazgo de algún cadáver en las afueras de la ciudad, en las marismas o en el río; a lo largo de toda su vida adulta, su deseo siempre ha sido, en cada una de esas ocasiones, el de que, por una parte, ese cadáver pertenezca a su padre y, por otra, el de que no sea así, y la contradicción la ha hecho sentir siempre profundamente culpable. Al comienzo, cada una de esas noticias la sumía en un profundo estado de ansiedad, en el que permanecía por semanas a la espe-ra de que los policías volvieran a llamarlas a su madre o a ella –algo que éstos hacían cada vez menos– para que, en el primero de los casos, la historia de su padre concluyese por fin de alguna manera; cuando esto sucedía, era como si estuviese contemplando un campo de relámpagos: las explosiones de luz se anticipan a los truenos y hacen pen-sar que serán extraordinarios, pero éstos se demoran y el silencio es ensordecedor, angustioso. Durante casi veinte años –día tras día, semana tras semana, mes tras mes: a lo largo de toda su vida adulta– Olivia ha creído ver a su pa-dre en cada desconocido en la calle que guardaba algún parecido con él; pero también lo ha visto en los que no se le parecían, puesto que era muy posible que su padre hu-biese cambiado de aspecto ya, como consecuencia de lo que fuera que lo había hecho desaparecer o simplemente a raíz del paso del tiempo. Quizá a su madre le haya pasado lo mismo; de hecho, es posible que le sucediera en mayor medida aún que a Olivia, ya que sigue viviendo en el apartamento que compartió con Edward. La desaparición de alguien a quien hemos conocido –o creído conocer-nos separa abruptamente de él, pero también de todas las otras personas que atraviesan por la misma experiencia, ya que sus impresiones y el modo en que interpretan los indicios disponibles o los crean difieren muy a menudo de los nuestros, pero son, para ellas –en la misma medida en que los nuestros lo son para nosotros–, inobjetables, además de imprescindibles para continuar adelante; con la desaparición surge el fantasma y cada pequeño acontecimiento se duplica, es lo que aparentemente es, pero también es una posible evidencia, que fisgonea en su oscuro interior en busca de una salida: en cierto modo, cuando algo así sucede, la realidad también deviene fantasma, aparición, resto.

Pero su madre está habituada a los fantasmas, que son, en un sentido general, el tema de su obra, y tal vez la desaparición del marido no haya sido para ella sino un hecho, un suceso más, otra oportunidad para probar su mano en las mesas parlantes; su madre, como esas mujeres que hace años pateaban el suelo cuando no las observaban o borboteaban idiomas desconocidos trayendo de regreso aquello que más se añoraba y más se temía –a la persona amada, pero bajo un nuevo disfraz con el que no se podía seguir amándola en absoluto–, ha estado hablando sobre sí misma todos estos años fingiendo que lo hacía acerca de otros, que las voces que escuchaba y que hacía oír a los demás no eran la suya. Olivia hubiese querido saber esto antes, se dice mientras conduce bajo la lluvia, abstraída en sus pensamientos; le hubiera gustado que todo fuese diferente, y que su madre fuese diferente también, pero no lo ha sido ni va a serlo ya: sobre todo, le hubiera gustado ver a su padre al menos una vez más y no hacerlo a través de todos esos cuadros que Olivia no puede recordar ya sin pensar –como hicieron los policías en su momento, y después la novia de Bury, que hizo propios su desaparición y el misterio en torno a ella– que hablan de una dificultad cada vez mayor para otorgar algún tipo de sentido al mundo y encontrar un propósito en él, anticipándose así a su desaparición; unas pinturas que se vinculan de alguna forma con los temas que su madre abordó en su producción artística pero internalizándolos, evocándolos en la potencia del retrato sin retratado y en la representación de los espacios sin espacio, en los que no hay nada que proyectar y no es posible vida alguna. Una vez, cuando era niña, le preguntó a su padre cómo podían saber que no estaban muertos, y Edward la pellizcó; a continuación le pidió que lo pellizcara a él para que él también supiera si estaba vivo, pero ella no lo hizo —en su recuerdo, porque no quería hacerle daño— y durante algún tiempo creyó que, al no hacerlo, había provocado en él una incertidumbre que ya no podría disipar nunca. La desaparición entraña esa falta de certezas y la multiplica, sabe Olivia; cuando una persona desaparece, quienes quedamos atrás comenzamos a creer encontrarla en todo lo que nos rodea, y es ese nuevo estado en el que se encuentra el que nos paraliza y en última instancia nos destruye; no la desaparición sino la aparición —continuada, persistente, inescapable– de la persona desaparecida. Un día, sin embargo, esa presencia multiplicada y angustiosa termina —aunque sólo en ocasiones— y el desaparecido regresa; únicamente hay que saber estar en el lugar adecuado, en el momento oportuno, para encontrarse con él; por ejemplo, en la puerta de un teatro no especialmente concurrido en New Islington, una noche después de la representación de una pieza de Peter Weiss.

Olivia pudo haberle hablado de todo esto a su padre en dos ocasiones: la segunda fue en una cafetería en Withington en la que su padre parecía sentirse por completo fuera de lugar; la primera, a la salida del teatro en el que representaba *La sombra del cuerpo del cochero* junto a la novia de Bury, el día anterior; pero sólo iba a enterarse de esto más tarde, en circunstancias en las que iba a sentirse profundamente robada. Edward estaba de pie en la acera, solo, con las manos en los bolsillos; parecía concentrado en tratar de comprender cuál era el origen de una mancha bajo sus pies y qué forma tenía, pero lo reconoció en cuanto levantó la vista. Tuvo que recostarse en la hoja metálica de los portones del teatro, y sintió que la hoja penetraba en su costado como un cuchillo, fría, inevitablemente. O puede que esto lo haya imaginado después: la hoja, el frío, la obligatoriedad —un exceso de dramatismo, tal vez— de que esa hoja penetrase en su costado como un cuchillo y no como cualquier otra cosa.

Edward no parecía haber cambiado mucho; pero seguramente lo había hecho, aunque sin que los cambios fuesen visibles todavía: cualquiera que hubiera visto una fotografía suya en el pasado podría haberlo reconocido, cualquier persona que conociera su historia y la recordase podría haber sabido que era él y habérsele acercado; de ello no cabía ninguna duda. Parecía llevar algunos minutos esperando una señal para aproximársele y daba la impresión de estar abierto a todas ellas, incluso a la agresión o a la denuncia; tras un momento de indecisión, al ver que se apartaba de la hoja metálica del portón y se dirigía a él, intentó sonreírle. Lo primero que vio es que era tan alta como él, y se lo dijo, pero Edward debía haberlo notado ya y no le respondió: parecía costarle hablar, como si se hubiera desacostumbrado a hacerlo, como si fuera —piensa Olivia ahora, meses después de aquella noche– uno de esos niños ferales a los que la vida a la intemperie les ha otorgado habilidades nuevas y desconcertantes a cambio de las que les ha sustraído. El padre le dijo por fin que había visto el nombre de Olivia en los carteles de la obra teatral en la que ella actuaba esa noche y que había pensado que le gustaría verla, saber cómo lo hacía; cuando le preguntó qué le había parecido, Edward se apresuró a responderle que le había gustado mucho cómo lo había hecho, pero que no estaba seguro de haber comprendido la obra y que, en cualquier caso, no se sentía orgulloso de ella: no tenía derecho a sentir que él había contribuido de ninguna manera a que Olivia se convirtiese en una actriz y que además fuera una especialmente dotada, dijo; y agregó que quizá hubiera podido comprender la obra si no se hubiese pasado todo el rato observándola a ella, preguntándose si reconocía en sus gestos los suyos o los de Emma; no había habido nada de eso, pero podía ser porque estaba actuando, admitió: cuando se recostó en el portón sí reconoció un gesto habitual de su madre, dijo. De pronto los dos se quedaron en silencio, sin saber cómo continuar; no quería preguntarle cómo se encontraba, ni qué había sucedido, pero tampoco deseaba que la conversación se acabase allí, o que discurriera aún más por los carriles habituales de los diálogos con extraños. Pero fue el padre quien le preguntó cómo estaba, aunque rápidamente añadió que la veía muy bien, como si quisiera obligarla a que le dijese que lo estaba, y la joven –todo es actuación, aunque nunca tan sincera como sería necesario– le respondió que sí, que estaba muy bien; le preguntó si vivía por allí, pero Edward le dijo que no, que vivía más lejos, sin apreciar la ironía de su expresión, que parecía absurda después de que, durante tantos años, todos –pero no Olivia: ella nunca– creyeran que estaba muerto. Últimamente pasaba por New Islington con cierta frecuencia, agregó; si quería, podían verse por el barrio –tal vez una tarde, quizá al día siguiente–, aunque también entendería que no quisiera hacerlo, dijo. Olivia hubiese deseado responder que sí de inmediato, pero al parecer no lo hizo: no debía de querer que el otro pensase que estaba desesperada, y se tomó un instante para contestar que sí, que al día siguiente le venía bien, revelando una incomodidad y una urgencia de darle al otro algo, de estar con él, que estuvo a punto de delatarla. Le preguntó si tenía un papel para apuntarle el nombre y la dirección de la cafetería en la que podía verlo al día siguiente, pero Edward no traía nada consigo; entonces le pidió que le extendiese una mano, y el padre, que no las había sacado de los bolsillos en toda la conversación, le extendió la izquierda, que la joven tomó decididamente para apuntar en ella una dirección y la hora en que se encontrarían: aunque el padre no parecía estar deseoso de hacerlo, la joven, tras soltar su mano, lo abrazó, y Edward la abrazó también por un segundo. Después le dijo que la vería al día siguiente y se giró para comenzar a caminar hacia el este, hacia la Beswick Street; ellas también iban en esa dirección, pero prefirió ahorrarle la incomodidad de prolongar el encuentro tras haberse despedido y encendió un cigarrillo mientras observaba cómo se alejaba; escuchó a sus espaldas la voz de su novia y las de los últimos empleados del teatro que no se habían marchado todavía y se volvió hacia ellos: sólo en ese momento reparó en el hecho de que las manos del padre ya no temblaban, pero las suyas sí.

No se le pasó por la cabeza en ningún momento que Edward no fuese a ir a la cafetería sino hasta que ella ya se encontraba allí, veinte minutos antes de lo previsto, como si no hubiera podido contener su ansiedad y hubiese corrido al encuentro del padre; mientras bebía un café tras otro y reprimía unas ganas de fumar que el café sólo hacía más acuciante, trataba de recordar el aspecto del padre, sin conseguirlo: casi todo lo que recordaba era una especie de vacío que sólo había percibido cuando apartó la vista de su figura, como esos espejismos de carretera, los días de mucho calor, que uno sólo puede ver si no los observa directamente, si uno los exilia al exterior del campo visual, donde se retuercen o vibran o se elevan salvajemente. Unos años antes, en Venecia –se dijo Olivia cuando supo de la comparación: el calor, la carretera, el espejismo que tiembla–, ella y el novio que tenía por entonces habían visitado una iglesia porque deseaban ver unos frescos; pero la tarde estaba cayendo y el interior de la iglesia ya estaba en penumbras y los frescos eran sólo una posibilidad detrás de una cortina oscura, en un aire ligeramente menos caluroso que el del exterior donde la ciudad continuaba hundiéndose en su fetidez y en su decadencia. El novio que tenía por entonces no iba a renunciar a ver las pinturas, sin embargo, y además hablaba italiano; regresó con un sacerdote y éste, con una sonrisa, retiró un trozo de tela que cubría un gran espejo que sacó de uno de los confesionarios: lo sostuvo en alto, de pie junto a la entrada de la iglesia, y el espejo proyectó un haz de luz sobre las imágenes en las paredes, que por fin se materializaron ante sus ojos, iluminadas como posiblemente se hiciera desde siglos atrás. No podía hacerlo; pero, mientras esperaba al padre en la cafetería, podría haber pensado que su figura era como los frescos de aquella iglesia: permanecía agazapada en una visible oscuridad a la espera de que un artilugio antiguo pero novedoso para ella volviese a traerlo a la luz, aunque tan sólo si se presentaba a la cita y dejaba atrás todo lo que fuera que lo había hecho marcharse y le había impedido regresar hasta ese instante y después de tanto tiempo. La imagen no era del todo correcta, sin embargo, y Olivia hubiera tenido que desestimarla rápidamente, se dice ahora, porque en ese momento —en la cafetería, bajo unas luces que imagina tenues, rodeada de la individualidad producida en serie de ese tipo de locales— el hecho de que su padre volviera, y de que además lo hiciese en un lugar banal y público como ése, le hubiera parecido imposible, no menos imposible que su regreso en todos los otros sitios en los que creyó verlo durante tantos años.

Pero Edward sí se presentó, y lo hizo a la hora que habían acordado, atravesando una puerta automática de la cafetería que —a Olivia esto le parece extrañamente adecuado— no se abrió ni al primer ni al segundo intento de entrar, como si no reparase en su presencia. Una empleada que estaba detrás de la barra tuvo que dejar un vaso sobre el mostrador y dirigirse a la puerta, que se abrió en cuanto la joven se le acercó, para que el hombre pudiera pasar.

No se había preparado para tenerlo por fin frente a ella, pese a llevar veinte minutos esperándolo; cuando el padre se sentó, sólo consiguió balbucear su nombre. «No has tenido dificultades para encontrar la cafetería, ¿verdad, Edward?», le preguntó. El otro pareció no reparar en la distancia que ponía entre ambos al no llamarlo «papá» y le dijo que no, que en absoluto, y luego le preguntó cómo se encontraba. «Bien. Muy bien. Bien», dijo ella apresuradamente antes de admitir que le resultaba difícil creer que estuviese frente a él. Edward le respondió que no lo era en absoluto, que ese tipo de cosas sucedían todo el tiempo, que posiblemente la empleada que había tomado su pedido un instante atrás había visto cosas así antes, alguien que regresa de no se sabe dónde pese a que comprende que no se puede reparar no se sabe qué. Le preguntó dónde vivía y Edward le respondió que en ese momento compartía un pequeño apartamento en Brinnington, pero que en los últimos años había vivido en Huddersfield, en Kirkburton, en Wakefield, en Rothwell, en Leigh y en otros sitios al sur de Leeds, y que también había vivido durante algunos meses en la ciudad; cuando ella le preguntó cómo eran esos sitios, Edward le respondió que eran horribles, y los dos sonrieron. No solía pasar mucho tiempo en los lugares en los que vivía, contó; a menudo sólo permanecía en ellos algunos meses trabajando en la renovación de alguna vieja casa, echándoles una mano a unos amigos que tenía, trabajando en algún almacén, limpiando oficinas o haciendo cualquier otra cosa; le gustaban los cambios, reconoció. Durante algunos meses había trabajado en una bolera corrigiendo la posición de los bolos antes de que un brazo mecánico volviese a colocarlos al final de la pista para que los jugadores pudieran lanzar de nuevo; estaba detrás de la pared del fondo, agazapado en la oscuridad sobre una pasarela por la que se arrastraba durante varias horas al día para atender tres pistas a la vez, y el ruido era atroz: ni siquiera los cascos que le habían dado podían disminuir el ruido o evitar que a veces despertase por la noche creyendo haber escuchado un nuevo impacto o a raíz del pinchazo de una migraña, pero seguía pensando en esos meses como los mejores de su vida reciente, unos meses en los que un trabajo brutal lo brutalizaba a él también, impidiéndole albergar siquiera un pensamiento que no fuese absolutamente necesario en ese lugar y en ese momento. Dijo que actuar debía de ser algo parecido, y cuando ella asintió, Edward agregó que quizá era eso lo que había heredado de él, además del color del cabello y el mentón. Olivia podría haber sentido en ese momento el embarazo de la persona que ve cómo la conversación gira sobre aspectos de su físico en los que no puede reparar, que parecen señalar que, al menos en ese instante, los demás saben algo acerca de ella que ella no sabe ni puede saber; pero también es posible que la hubiesen embargado otras sensaciones, o que comprendiera que, de una manera retorcida y no muy eficaz, su padre estaba tratando de tender un puente hacia ella, superando todos los años de separación y las muchas preguntas que había por responder. Edward le preguntó dónde vivía y dónde había vivido, como si temiese apartarse de un guión preestablecido en el que ambos debían responder las mismas preguntas, o como si temiera que la conversación se desviase hacia zonas sobre las que no le fuese posible ejercer ningún control. «Bury, pero antes en Withington», se escuchó diciendo –recordaba Withington, creía, pero más bien recordaba haber oído hablar de él–, y el padre contó que ella había nacido en ese hospital; le preguntó qué recordaba de aquel día, y Edward le respondió que creía que recordaba muchas cosas, aunque hacía años que no pensaba en ello. Recordaba, dijo, que su madre había insistido en llevar con ella algunos libros, como si pensase que iba a poder leerlos durante el trabajo de parto; que él estaba extraordinariamente ansioso, con una ansiedad que le era desconocida hasta ese momento y que lo iba a perseguir todos y cada uno de los días del resto de su vida, también después de haberse marchado, y que creía que era el producto del convencimiento –muy habitual entre quienes han tenido hijos, pero totalmente erróneo, afirmó– de que uno podrá hacer frente a todo lo que se le presente pero el hijo siempre será frágil y necesitará su ayuda –cuando es evidente, agregó, que, por lo común, los hijos son enormemente fuertes, mucho más fuertes que sus padres, en especial si éstos sufren una invalidez en algún aspecto esencial de su carácter contra la que los hijos puedan rebelarse–; que Olivia nació sin dificultades, pero que no lloró, que no lloró hasta semanas después del parto, como si estuviera todavía perpleja por lo que le había acontecido o –y ésta le pareció a él, con el tiempo, la mejor explicación– hubiese nacido con una dureza interior que iba a protegerla a lo largo de su vida, cuando se desplazase del interior hacia el exterior de su persona, y que ese pensamiento le había ofrecido mucho consuelo cuando había podido volver a pensar en ella y en su madre, meses después de haberlas dejado; que incluso habían llevado a Olivia al médico para comprobar que tuviese las cuerdas vocales en orden, contó, pero que la falta de llanto había resultado no deberse a ningún problema sino a un rasgo de su carácter, uno de los primeros en manifestarse. Dijo que sus padres viajaron desde Glasgow para conocerla –vivían en Shawlands por entonces, después de haber recorrido varios sitios, posiblemente una docena de ellos, en los que él se había criado– y que le trajeron un *kilt* con el que él la envolvía a veces antes de que pudiera comenzar a usarlo como falda: hubiesen querido traerle un *motherhood knot* para recordar el hecho de que ella también era irlandesa, al menos en parte, pero, por supuesto, no habían encontrado ninguno en las tiendas de Glasgow. No recordaba a sus abuelos, y preguntó si aún vivían: después de observarla por un instante, el padre negó con la cabeza y respondió que habían muerto cuando Olivia era niña. «¿Qué recordaba de ellos?», preguntó, pero Edward volvió a sacudir la cabeza sin responder más: pensó en preguntarle si continuaba pintando, pero prefirió no hacerlo, a la espera. Y entonces el padre quiso saber de ella y de los años que habían transcurrido desde su desaparición: cuanto más hablaban, más grande era el número de cosas de las que no habían hablado todavía, como si ninguno de los dos pudiera dar con las palabras correctas para hacerlo. Pero Edward preguntó repentinamente por la madre y ella respondió una o dos cosas, hablándole de las obras que había realizado en los últimos años, que eran todo lo que —como cualquiera que leyese los periódicos, se dice Olivia mientras conduce— podía saber acerca de la mujer: lo que contaba parecía llegarle de sitios remotos y en las voces de otras personas, como si en ese momento ella también interpretara el papel de la médium y estuviese poseída por otros; cuando agregó que Emma seguía viviendo en el apartamento que compartían cuando él desapareció, se apresuró a preguntarle por qué se había marchado, y por un instante se sintió sorprendida por su audacia. Edward dejó vagar la vista por la cafetería hasta detenerse en la puerta, todavía sin responder, como si estuviese tratando de dar con una respuesta satisfactoria para los dos o de huir de allí si no podía formularla; cuando finalmente pudo comenzar a hablar, respondió que no estaba seguro de por qué lo había hecho, que al comienzo sólo pensaba estar fuera un par de días, para ver las cosas desde otro punto de vista: tenía una nostalgia intensísima de algo, dijo, pero ya no recordaba qué era ese algo que añoraba y era posible que no lo descubriera nunca. De día en día, esa nostalgia no dejaba de crecer, pero, para cuando descubrió esto, y se dijo que ya podía regresar, hacerlo parecía requerir una disponibilidad y unas fuerzas de las que carecía. Dijo que lamentaba el daño que pudo haber provocado a otros, y quizá también el que se había provocado a sí mismo, aunque de esto último no estaba seguro. Dijo que unos años atrás había conocido a dos personas que estaban profunda, irreversiblemente dañadas, y que las había visto continuar con su vida, pese a todo, y que eso le había hecho pensar que el daño que hacemos a los demás es inevitable y, al mismo tiempo, tiene que ser evitado a toda costa. Y sin embargo, agregó, tampoco podía decir que se hubiera marchado por esa razón: que más bien todo había sido un accidente, por decirlo de alguna manera. Le preguntó cómo había hecho para evitar que los policías lo encontraran, pero el padre le preguntó, a su vez, de qué policías le hablaba: en algunos momentos –por ejemplo, cuando por fin se dio a pensar que quizá, después de todo, alguien podía haberse alarmado por su ausencia y estuviera buscándolo–, había deseado que dieran con él y lo encerrasen en algún sitio donde no pudiera hacer daño a nadie ni ser lastimado; pero nadie parecía haber estado buscándolo, él no se había ocultado nunca. ¿Seguía pintando?, preguntó la joven; cuando Edward respondió que no, tuvo una impresión sorprendentemente clara de que decía la verdad, de que pintar había sido para él un esfuerzo extraordinario del que aún estaba reponiéndose: parecía haberse secado algo en él, una savia sin la que, como esos árboles que se ven a veces en los bosques calcinados, se mantenía de pie pero ya sin vida. Olivia no se parece en eso a él, se dice, pese a parecérsele en tantas otras cosas. Una, esencial, no podía pasársele desapercibida, y quizá su padre estuviera al tanto de ella desde el primer momento, desde que entrase a la cafetería y –a diferencia de lo que había sucedido la noche anterior, a la salida del teatro– observara a «Olivia» con detenimiento. La joven había vuelto a preguntarle por su desaparición y por sus causas, como si las explicaciones de Edward –que, él mismo había admitido, eran insuficientes– ocultasen algo más grande que su padre se resistiera a revelar, cuando Edward, que seguía sin tocar la taza de té que había pedido, le extendió una cucharilla, que la joven tomó en una de sus manos con una mirada sorprendida. Edward se puso de pie y dijo: «No sé qué está sucediendo, no comprendo si esto es una especie de broma o qué, pero tú no eres Olivia. Olivia es zurda, deberías saberlo». Y salió de la cafetería sin mirar atrás, antes de que la joven pudiera reunir las palabras necesarias para ofrecerle una explicación o una disculpa.

No sabe si las luces frente a ella, a las que se acerca a una velocidad excesiva, que debería reducir, pero a la que no presta atención, perdida como está en la recreación del recuerdo ajeno, son las de Harpurhey o si ya está entrando en Queen's Park cuando Olivia recuerda una historia que leyó en alguna ocasión: un pintor que se instala en una nueva casa se sorprende del gran parecido que guardan entre sí las figuras que pinta; sin proponérselo, y sin saber por qué razón, pinta siempre el rostro de un hombre que no ha conocido nunca, cuyos rasgos se imponen sobre los de cada una de las figuras que pretende retratar; hay investigaciones, hay discusiones sobre la obsesión y el deseo que ocupan buena parte del relato, que, Olivia recuerda, fue escrito por un escritor victoriano, el tipo de escritor que es dolorosamente consciente del hecho de que lo reprimido y lo abortado regresan siempre pero que él no puede hablar de ellos sino a costa de ser expulsado de la sociedad de sus pares, sin la que nada tiene sentido, ni siquiera el esfuerzo de escribir acerca de esas formas de retorno; la solución a un enigma que ya nos parece inexistente se produce cuando su casera entra en su estudio en una ocasión mientras él está pintando y sufre una conmoción: el rostro que el artista no puede dejar de pintar es el de su marido muerto, que regresa así para aterrarla o para ofrecerle consuelo.

¿Por qué la novia de Bury se hizo pasar por ella? Olivia pensó durante un tiempo que lo hizo impulsada por la curiosidad, por la compulsión y la avidez con las que ciertas personas se apropian de las historias de los demás y acaban creyendo que son la suya propia: cuando se lo confesó, el día en que rompieron, Olivia se dijo que le había robado algo precioso, el regreso del padre, la posibilidad de volver a verlo, de volver a hablar con él, de obtener de él una respuesta y tal vez perdonarlo; pero después pensó que quizá, simplemente, la novia de Bury se había dejado llevar por una confusión inicial, propiciada por una semejanza deliberada y por la oscuridad en la calle y por el largo tiempo que su padre no la veía, una confusión que no había sabido disipar ni aclarar antes de que la delatase un gesto. Cuando fue a recoger sus cosas a Bury, sin embargo, la otra le dijo que quería contárselo todo, y así fue como Olivia supo los detalles del encuentro en la cafetería: su padre no había dejado ningún teléfono, no había dicho nada acerca de dónde vivía, excepto que estaba en Leigh, y Olivia pasó algunas tardes, días después, recorriendo la localidad en su automóvil y estudiando los rostros de las personas en las calles; había muchas cosas para leer en cada uno de ellos –si uno se tomaba el tiempo para hacerlo, por supuesto–, pero Edward nunca estaba en esos rostros. ¿Dónde estaba Olivia cuando la novia de Bury se hizo pasar por ella frente a su padre, a la puerta de aquel teatro de New Islington? Un ramalazo de dolor por la oportunidad perdida se mezcla con las imágenes del camerino —las luces chillonas que iluminan los tarros de crema, las pelucas, los pinceles sucios de grasa del rostro y de maquillaje, los espejos sucios, las fotografías— y el intenso olor a perfume y sudor ansioso que acompaña el tránsito al escenario; posiblemente se le mezclan imágenes de varios teatros en los que actuó en los últimos años, pero todavía recuerda con relativa nitidez las palabras que intercambió con uno de los empleados mientras iba al encuentro de la novia de Bury, que la esperaba fumando: su hija cumplía años al día siguiente y había exigido una fiesta de princesas, y él iba a tener que pasarse el resto de la noche recortando coronas de papel metalizado y colgando guirnaldas doradas de las paredes de la sala —que había pintado de rosa la semana anterior— porque, de lo contrario, al parecer, la hija no iba a dejar de llorar hasta que alcanzara la mayoría de edad y se fuese de casa.

Olivia no ha podido hablar con su madre aún de lo que hizo la novia de Bury, quien ha enterrado en las marismas al norte de la ciudad, no ya al marido, sino a la idea del marido. La historia aquella del pintor que retrata involuntariamente al esposo de su casera era una historia de regresos, pero Emma —que en este momento la espera en el apartamento y quizá continúe trabajando algunos años más en lo que, piensa Olivia, es un pozo en el que ocultarse y enterrar su dolor— no parece creer en ese tipo de retornos, al menos no en el de su marido; la historia comenzaba con una especie de coincidencia a la que seguían acontecimientos que debían ilustrarla pero no lo hacían en absoluto, no tenían nada que ver con ella, y, por esa razón, y pese al carácter fantástico de su resolución, Olivia sigue pensando que es un relato básicamente realista: la historia que narra cierra en falso, como la mayor parte de las historias reales, y el texto pasa –desde el momento en que su autor pone el punto final– a habitar la zona ambigua en la que solemos pensar que existen las cosas que hemos hecho y vivido sólo a través de los relatos breves y de las novelas y los filmes y las obras de teatro, una zona presidida por una intensidad mayor que la de lo real, donde se manifiesta la naturaleza secreta de las cosas de este mundo. Una vez su madre le dijo que todo lo que podía imaginar era real y existía junto con todo lo otro, con lo que había sucedido realmente. Y a continuación siguió hablándole de aquella oportunidad en la que su padre –poco antes de que se marchara, desapareciera, muriese para todos, quizá incluso para sí mismo aunque no para Olivia, sólo para regresar y verse engañado y volver a irse– aceleró a la altura de Collyhurst y se lanzó contra una fila de árboles que flanqueaban sin transición alguna el asfalto de la carretera, a último momento consiguió frenar el vehículo, abrió la portezuela, intentó salir del coche, se quedó temblando dentro de él como si regresase de las regiones más glaciales de un mundo helado que hubiera conseguido ocultar a la vista de todos hasta ese instante, comenzó a llorar. Emma tuvo que salir del vehículo, rodearlo, desabrochar el cinturón de seguridad de Edward, empujarlo suavemente para ocupar su asiento, enderezar el automóvil, llevarlos a casa. Qué había sucedido y por qué es algo sobre lo que su padre no pudo hablar ni ese día ni los siguientes, y el misterio y la irresolución se instalaron –con el consentimiento de los tres– sobre lo que pasó y pudo haber acontecido aquella tarde del modo en que éstos lo hacen siempre, con su promesa de que lo que no es comprendido puede más fácilmente ser olvidado. La situación debió de haberla puesto sobre aviso de lo que iba a suceder, agregó su madre en aquella oportunidad, años después de que su padre hubiera desaparecido; no la entendió por entonces, sin embargo, y seguía sin comprenderla, pero tenía la impresión de que el accidente que estuvieron a punto de tener aquella vez –si podía llamárselo «accidente», y al margen de que les hubiera costado la vida a los tres o no, aunque esto primero era sin dudas lo más probable– sí había sucedido: en la medida en que podía imaginarlo, y lo hacía, era real, existía junto a lo que había sucedido realmente sin subordinársele, cada uno de estos dos ámbitos iluminando el otro. Pero la irresolución y el misterio persistían incluso tras haber defraudado su promesa de un olvido conveniente. Y, de hecho, Olivia nunca ha olvidado esa primera oportunidad en que vio a su padre llorando, desposeído de una autoridad sobre sí mismo que –descubrió en ese momento– sólo fingía, aterrorizado por lo que tal vez pensó hacer y no hizo sin que por ello las consecuencias fueran menores, extraviado. Durante algunos años, Olivia pensó, al igual que su madre, que la escena era algún tipo de síntoma; pero ahora comprende –mientras conduce por la misma carretera en la que tuvo lugar aquella escena, hace años– que su padre no se marchó a causa de una enfermedad que podrían haber previsto y tratado; en él había un dolor y una oscuridad que, como en el caso de Emma, tal vez ni siquiera pudiese explicarse a sí mismo –los padres son los verdaderos niños ferales, se dice: son animales nocturnos a plena luz del día, y acechan y prosperan en las tinieblas que los envuelven y deslumbran a quienes los rodean; y por eso su madre cava un pozo en algún sitio, un agujero que debería ser enorme y profundísimo para que en él encontrasen acomodo toda la oscuridad y el dolor de los demás y el propio, pero que seguramente no es más que el producto de lo poco que su madre puede hacer ella sola, librada a sus fuerzas; un pozo no para esconderse, comprende por fin Olivia: una declaración personal, una obra de arte, un testimonio único de paciencia y solidaridad– y que por eso la novia de Bury no desbarató la confusión que había tenido lugar frente al teatro y la alimentó: ocupó su lugar, sí, pero para liberarla de las cargas de sus obsesiones y sus preocupaciones sin que ella tuviese que pasar por la ansiedad del encuentro y para que la oscuridad de su padre no la encegueciera, no se adhiriese a ella o la arrastrara consigo; la suya fue una retorcida expresión de amor que permite a Olivia pensar en el final de su padre –cuando tenga lugar, dondequiera que sea– como un cansancio agradable, una especie de clausura, una forma de dispersión. Recuerda que su padre lloraba con los ojos abiertos y sin dejar de mirar la misma carretera que ella recorre en ese momento –nuevamente a la altura de Collyhurst, pero esta vez a una velocidad excesiva, con el asfalto mojado, las fachadas de las casas del área perdiendo sus colores a raíz de la velocidad y de la lluvia, en las que Olivia no repara, abstraída– y tras haber recordado por fin un hecho tal vez menor, pero que para ella lo explica todo, y pese al hecho de que durante años pensó que su padre había deseado castigarla con su marcha, y se sintió indeciblemente culpable sin dejar por ello de culpar a su madre –que era lo mismo que culparse a ella misma–, y a pesar de que en este preciso instante comprende que lo había entendido todo mal y que su incomprensión le impidió ver en la huida de su padre, también, el acto de profundo amor a las dos mujeres que ésta había sido, o precisamente por ello, Olivia también rompe a llorar:

es un llanto que —como el de su padre en aquella oportunidad— expresa un abandono sin conexión con el mundo exterior, como el de quien va a morirse o a perder el juicio; un llanto que nó puede ser consolado por nada ni por nadie, pero que tampoco aspira al consuelo, y así pierde el control del automóvil y se precipita contra las vallas que separan el mundo que conocemos del que tal vez nunca lleguemos a conocer si no a través de impresiones fugaces y esencialmente breves y nuestras ideas de orden y tránsito de una naturaleza que aún arrinconada demuestra que las cosas de este mundo carecen de orden y de sentido excepto en la expresión de un dolor que todos sentimos y llevamos con nosotros, que nos alejan de los demás, que distinguen el presente de la intensidad con la que el pasado nos asalta, que separan la carretera del bosque y de los secretos que éste oculta.

EDWARD BYRNE

1

A lo largo de la mañana llovió con intensidad, pero hacia el mediodía el cielo se ha despejado y el jardín de atrás del apartamento y las contracaras de los edificios que lo rodean brillan como si fueran nuevos pese a su antigüedad; cuando suena el timbre, Edward se dice que debe de tratarse de la pequeña caja con materiales que desde hace algunos años se hace enviar todos los meses desde Londres y que a veces amplía incluyendo una u otra cosa con una llamada de teléfono. No la ha ampliado, en esta ocasión; de hecho, hace ya algún tiempo que no pinta, aunque se niega a reconocerlo siquiera ante sí mismo y también se lo oculta a su mujer, quien a menudo recibe la caja de Londres y la deja sin decir una palabra en la habitación en la que trabaja él: desde hace algunos meses, la deposita por lo general sobre una caja anterior que todavía no ha abierto. Pero Edward trata de no dedicar ni un solo pensamiento a ello, mientras baja las escaleras; piensa en una novela que releyó anoche en la que una pintora contemplaba el mundo, contemplaba la humanidad y a su familia y pintaba un cuadro «todo azules y verdes, con líneas que se prolongaban, se cruzaban, que pretendían algo». Él quisiera poder pintar algo así, se dice, pero ya es tarde para ello: hoy trazó una línea sobre el papel y a continuación tuvo que cerrar los ojos para serenarse; una segunda línea podía salvar la primera, podía ser el comienzo de algo; pero dónde trazarla, y cómo, en qué punto de la hoja que tenía frente a él y con qué propósito, para quién. No pudo seguir, y el papel continúa sobre su mesa, dando cuenta de un estado de parálisis que, sin embargo, no explica y que tal vez no tenga explicación. Cuando abre la puerta, lo primero que ve es el paquete, que el mensajero ha depositado al pie de la escalerilla de la entrada sin reparar en el hecho de que el suelo todavía está mojado; es probable que el envoltorio y la parte de debajo de la caja estén empapados ya, se dice Edward al inclinarse para tomarlo en sus manos. Pero entonces sucede: una ráfaga de viento cierra la puerta de la entrada con un golpe, y Edward se endereza y se queda mirando la puerta por un instante. No tiene llaves, su esposa no ha dicho adónde iba hoy, su hija está en el colegio, los vecinos que ocupan la planta inferior de la casa —y en los que él apenas ha reparado desde que se mudaran recientemente— están trabajando en algún sitio. Edward se queda de pie frente al edificio. Los vidrios mojados no le permiten apreciar qué hay detrás de ellos, en habitaciones en sombras en las que todavía impera el frío del invierno anterior, que parece haberse instalado en los interiores como en una mente enloquecida y vaciada de su contenido. Podría tratar de forzar la puerta; podría llamar a un cerrajero, si supiese de uno, o pedir sus señas en una tienda frente a la casa en la que un pakistaní se pasa el día viendo telenovelas de su país de origen en un televisor minúsculo, como si pudiera ver su casa desde allí y descifrar importantes mensajes acerca de nuestro modo de vida y de cómo escapar de él antes de que nos destruya; Edward podría esperar que regrese su esposa, antes o después de recoger a la niña en el colegio, donde ésta ya se vale por completo por sí misma, abriendo sin quererlo una distancia cada vez mayor con sus padres que acabará dejándolos fuera de su vida en unos pocos años. Pero no hace nada de eso: simplemente deja el paquete con las pinturas al pie de la escalerilla de la entrada, esta vez con la precaución de depositarlo sobre un punto que ya se ha secado, y comienza a caminar.

Un hombre pasa a su lado hablando solo, en murmullos. Dos niños se empujan uno al otro en la parada del autobús mientras un tercer niño llora sin apartar la vista de una mancha en el suelo. Una joven en tacones está a punto de doblarse un tobillo frente a él. Un joven que pasea un perro negro se agacha a recoger sus desechos con lo que a Edward le parece que es un pañuelo de tela. Una mujer aparca en diagonal en York Street y un policía que está de pie en la esquina se quita las manos de los bolsillos y comienza a caminar hacia ella. Un hombre lava los vidrios de una barbería en la que tres colegas ociosos contemplan cómo un cuarto barbero afeita al único cliente del local. Edward no sigue ninguna ruta determinada, se deja llevar como si flotase corriente abajo; las fachadas que la lluvia lavó esta mañana resplandecen al sol y todo tiene un aire de novedad y de aventura; ve rostros que desaparecen a sus espaldas y pequeñas astillas de vidrios y de edificios y de automóviles y calles que podría reordenar si lo quisiera, si tan sólo se detuviera un momento: pasa frente a dos locales de EAT, un Tesco, una zapatería Russell &

Bromley, varios bancos, una iglesia unitaria, un Subway, unos edificios de cristal y acero que, aunque inaugurados tan sólo unos años atrás, parecen ya en ruinas, en previsión o como resultado de futuras catástrofes y crisis económicas; cruza las vías del tren, pasa junto a un enorme descampado en el que una veintena de automóviles permanece aparcada sin que haya ninguna persona a la vista, pasa frente a un prostíbulo, pasa frente a una cafetería —no más que un ventanuco en la pared, en realidad, por el que se asoma un joven que lo observa brevemente antes de volver a repasar con un paño el mostrador—, pasa frente a una antigua fábrica convertida en trastero; ya no hay turistas, ya no hay autobuses, ya no hay vitrinas, y el sol empieza a caer como atraído por la gravitación de todas esas cosas que Edward ya no ve, que dejan un vacío.

A las afueras de Mánchester la oscuridad es de un carácter distinto, y él se sumerge en ella; sigue observando, pero sólo es capaz de identificar los carteles de las casas de empeño, los locales de venta de automóviles, las puertas de los prostíbulos, los enormes restaurantes de comida rápida que hay a los costados de la carretera; en varias ocasiones tropieza con canalizaciones al aire libre y callejuelas que no conducen a ningún sitio y tiene que volver sobre sus pasos; a la altura de Green Grosvenor Park se encuentra ya en los suburbios residenciales, con sus coches nuevos aparcados en las entradas y sus cubos de basura en fila: a su lado, el seto del jardín recortado en ángulos rectos reprime la impresión de fragmentación y caos en la que viven sus habitantes; cada vez que tropieza con una calle cortada por obras, Edward se dice que tendría que volver, pero toma el desvío que señalan los carteles y a los pocos minutos se encuentra caminando al costado de otra calle y, después, junto a una autopista, por debajo de puentes peatonales, junto a enormes zonas comerciales que parecen permanecer agazapadas, a la espera. Un par de veces se aproxima a personas que encuentra en su camino para pedirles indicaciones, pero desiste al ver la forma en que lo miran cuando se les acerca; de todas maneras, se dice, tampoco sabría qué preguntarles exactamente. Pasando Four Lane Ends ya sólo puede ver las luces de los automóviles en la carretera y las de las poblaciones vecinas, a menudo no más que un puñado de casas apiñadas en torno a un enorme aparcamiento, como si hubieran sido edificadas allí donde los automóviles se hubiesen quedado sin combustible, en medio de algún tipo de catástrofe. Edward siente que podría continuar caminando indefinidamente –hasta el borde de la isla, por ejemplo– si a cambio las cosas perdiesen el peso y la gravedad que les otorga su repetición; así de liviano se siente, con una liviandad que el mundo no parece haber conocido nunca antes, un cansancio ligero y sólo físico, agradable, sin consecuencias. Ya se encuentra en Grimeford, sin embargo, en el momento en que la llovizna se detiene y él descubre que está completamente empapado; cuando pregunta en la gasolinera del pueblo dónde hay un hotel barato por allí, la empleada de servicio lo hace volver sobre sus pasos, hasta Rivington; en el pueblo hay un hotel para camioneros, le dice, pero a continuación agrega que él no parece un camionero y Edward no sabe qué responderle: sale del establecimiento y comienza a caminar en la dirección que la joven señaló, pero, cuando se da la vuelta y observa el interior iluminado de la gasolinera, ve que la empleada se ha puesto a limpiar un objeto metálico con un paño, quizá un arma pequeña, casi un juguete en sus manos.

Las indicaciones de la joven fueron claras —si acaso, sólo entorpecidas por el exceso de detalles con el que tiende a dar señas quien no conoce otra cosa que el paisaje que lo rodea y cada pequeño elemento en él le parece significativo—, pero a Edward le cuesta un buen rato dar con el hotel, que está, por otra parte, en una calle que serpentea en el extremo opuesto del pueblo, escondido tras un árbol excepcionalmente frondoso, y tiene una recepción acristalada y a oscuras que no se ve desde el exterior; cuando Edward abre la puerta, en la recepción se enciende una pequeña lámpara y unos segundos después un hombre mayor emerge carraspeando de debajo del mostrador, donde tal vez haya estado dando una cabezada: tiene un traje de buena calidad, pero arrugado, como si el hombre llevase años durmiendo con él, y a Edward le recuerda los que lleva Francis Bacon en sus autorretratos, todos sometidos a la violencia soez y sin historia que desfigura también los rostros. Él podría pintar así, se dijo en alguna ocasión, si su aproximación no le pareciera demasiado directa, excesivamente explícita en su representación de un ensañamiento cuya eficacia depende de los disfraces que adopta o, mejor, de su invisibilidad. Por alguna razón, el conserje no le pide ninguna documentación ni que pague por anticipado; no le da instrucciones especiales para su habitación ni pretende convencerlo de que visite ni una sola de las atracciones locales, que, por otra parte, son escasas: no parece reparar siquiera en el hecho de que Edward está empapado: sólo le dice su nombre y agrega que estará toda la noche en la recepción, como si tuviera otro sitio adonde ir.

Edward duerme hasta el anochecer del siguiente día, y cuando despierta no sabe dónde está ni cuándo y cómo perdió la conciencia; mientras se quita la ropa, se dice que a cada hora, a cada día que pase, será más difícil regresar, pero aparta ese pensamiento de su cabeza y vuelve a quedarse dormido de inmediato, presa de un cansancio que sigue siendo casi completamente físico. Las piernas continúan doliéndole al despertarse, al día siguiente. No sabe dónde se encuentra y tarda todavía unos minutos en recordarlo. Como imagina que aún faltan unas horas para desayunar, se da una ducha larga y a continuación vuelve a vestirse con la ropa que llevaba hace dos días y se sienta a observar su habitación, que es pequeña y no ofrece ninguna comodidad, excepto las que puedan extraerse de una cama estrecha, una silla con respaldo de mimbre en la que Edward se siente incómodo tan pronto como la prueba, una mesilla de noche minúscula sobre la que permanece en equilibrio el control remoto de un televisor, un armario infantil. Una pequeña ventana contribuye a la oscuridad del cuarto con su juego de visillos y cortinas; cuando lo descorre, Edward ve que la ventana da al aparcamiento, que en ese instante atraviesa el hombre mayor de la recepción cargando un tarro de pintura y dos brochas. Edward lo sigue con la vista hasta que ya no puede verlo y luego cuenta el dinero que lleva con él y comprueba que no tiene suficiente para pagar una noche, ni hablar de las dos que ya ha pasado en el hotel; las manos vuelven a temblarle y debe cerrar los ojos durante un minuto para serenarse, pese a que no cree estar nervioso. Una ráfaga de viento golpea imprevistamente contra la ventana y una puerta se cierra en algún sitio y empieza a llover. Y entonces Edward comienza a llorar, por primera vez en mucho tiempo. No sabe por qué llora, pero no saberlo le habrá parecido dentro de algunos años la prueba de su autenticidad, de que el llanto brotaba de una fuente difícil de identificar pero no del todo desconocida para él y que hasta este momento había permanecido al margen de las ficciones más o menos hábilmente elaboradas del marido, el padre, el artista; al margen de todo lo que él quiso ser para los otros y para sí mismo. Es un llanto que no aspira al consuelo porque no puede ser consolado por nadie ni por nada, como el de quien va a perder el juicio o a morirse, un llanto sin conexión con el mundo exterior y que expresa un abandono profundo. Dentro de algunos años, cuando intente hablarle de ello a su hija, sin conseguirlo, se dirá que el llanto no provino de ningún acontecimiento en particular, sino de su acumulación, y que el hecho de que llorase inconsolablemente por largos minutos un llanto más antiguo que el lenguaje y la forma en que éste nos engaña no debe ser visto, en realidad, como un signo de debilidad sino de una rara fortaleza adquirida en ese instante. Pero para entonces no habrá vuelto a llorar nunca más, ni va a volver a hacerlo en lo que le queda de vida, como si también se hubiese engañado respecto del llanto.

Una mujer rolliza a la entrada del comedor del hotel le da los buenos días y a continuación le pregunta si quiere algo especial; Edward no sabe qué podría ser algo especial y responde que no, que no hay problema. La mujer parece aliviada, y regresa de la cocina un momento después con un plato con salchichas, judías y dos huevos, además de puré y tostadas. Edward duda, pero luego comienza a comer; debe de hacerlo vorazmente porque, cuando ha terminado, la mujer toma su plato sin decir palabra y vuelve a meterse en la cocina; al regresar trae más salchichas y una pequeña montaña de judías en otro plato, que Edward devora sin decir una palabra. No hay huéspedes ese día o no bajan a desayunar aún, y la mujer lo observa sin disimulo hasta que termina; cuando lo hace, se da cuenta de que no ha tocado su café, y entonces, como movido por el instinto de agradar, sirve café en la taza frente a él y comienza a beber a grandes sorbos.

«¿De dónde es usted?», pregunta la mujer. Edward responde y la mujer dice: «Me lo pareció. Nosotros también somos irlandeses, pero llevamos aquí más de diez años». Parece haber decepción en su voz; a Edward le recuerda a alguien, pero no sabe a quién hasta que piensa en la actriz de un programa de televisión que él veía de niño: sin embargo, es como si la mujer de su recuerdo no pudiera ocultar —despojada ya de su uniforme, de su látigo y de sus otros atributos— su desencanto de años, de siglos tal vez, frente al estado del mundo, así como ante la distancia que existe entre lo que ella era y aquello en lo que se ha convertido. No sabe por qué lo hace: se pone de pie y toma su plato y su taza y se los lleva a la mujer, que sonríe y, antes de meterse otra vez en la cocina, le pide que espere un segundo; cuando regresa, trae una pequeña botella de colirio. «Úselo cuando llegue a su habitación», le dice, y agrega, entregándole la botella: «Los ojos rojos pueden producirse por varias razones, pero la más común en esta época son las alergias». No es época de alergias, sin embargo, y los dos lo saben; pero es por ese motivo —por la discreción y el cuidado con el que la mujer admite no haber pasado por alto la consecuencia más visible de su llanto de unos minutos atrás, y por el vínculo que se establece entre ellos a través de ese gesto– que Edward toma el pequeño objeto que la mujer le extiende y le agradece.

Está a punto de entrar a su habitación en el momento en que escucha golpes; recorre un pasillo, y luego otro, y da con un cuarto en reformas en el que el hombre de la recepción, todavía con su traje arrugado, intenta abrir un tarro de pintura; cuando entra en él, el hombre se queda observándolo, pero no parece reconocerlo; Edward se le acerca, presiona el centro del tarro y hace palanca con el extremo de un pincel, abre el tarro con facilidad. El hombre de la recepción se yergue y le da las gracias; de pie sigue siendo más bajo que Edward y alza la vista hacia él, pero vuelve a bajarla de inmediato: le cuenta que hay que pintar varias habitaciones y reparar parte del tejado y las paredes de dos baños que han sido dañadas por la humedad, y que todo tiene que hacerlo él –en lo posible, antes de que el dueño del hotel les haga su visita anual, al comienzo del verano–, y que además él tiene que estar en la recepción al menos durante el día y cuidar del jardín y que incluso es el responsable de llevar la contabilidad. No está claro si se dirige a Edward o está hablándose a sí mismo, recordándose viejos y nuevos agravios y lamentándose, pero Edward le explica que no va a poder pintar ni siquiera una habitación con sólo un tarro de pintura, que necesita rodillos en lugar de las brochas que tiene, más pintura, y tal vez disolvente, además de cinta aislante para proteger los rodapiés y los muebles y fijar una cubierta plástica sobre la alfombra: un rollo de plástico puede alcanzar por ahora, le dice. El hombre asiente sin mirarlo, como si el otro estuviera haciéndole un reproche; cuando

120

Edward termina, sin embargo, le extiende la mano y le dice su nombre de nuevo, como si no recordase que se lo dijo dos noches atrás, cuando se registró. Es un nombre irlandés, y Edward comprende de inmediato el plural de la mujer del desayuno.

Vuelve a despertar a medianoche sin que recuerde cuándo se ha dormido, sin tener ningún recuerdo de haber soñado, sin saber siquiera dónde se encuentra; siente una punzada de hambre, de modo que se viste y sale al pasillo, donde hay una máquina expendedora. Edward la observa durante un minuto sin acabar de decidirse; luego mete unas monedas en una ranura y escoge un paquete de patatas fritas, un sándwich, una botella de agua, una tableta de chocolate. Después vuelve a meterse en su habitación.

Una pareja ocupa la mesa a la que se sentó él el día anterior. La mujer, que en ese momento sale de la cocina con dos platos, le da los buenos días al verlo, como si Edward fuese un vecino y no un cliente; además de salchichas, judías y tostadas, esta vez pone frente a él un vaso de zumo de naranja junto con el café. Edward se lo bebe y la escucha hablar del clima en la región, que —él no le advierte— es igual al de Mánchester, o sólo ligeramente distinto. La mujer le pregunta cuántos días más piensa quedarse en el hotel, pero Edward admite que no lo sabe; cuando le pregunta a qué se dedica, tiene unas dificultades para responderle que la mujer parece comprender de inmediato porque vuelve a hablar de la meteorología de la zona. Una radio en la que Edward no reparó el día anterior permanece sintonizada en una emisora local y reproduce el decepcionante pronóstico del tiempo que la mujer le hizo y habla de una guerra entre anuncios de tiendas de jardinería y locales de compra y venta de coches usados; la guerra se anuncia contra el terror, pero lo multiplica, y aunque es realizada también en nombre de personas como Edward, éste cree saber por experiencia propia que el terror no puede ser combatido, y mucho menos eliminado: sencillamente es reemplazado por otro, más perturbador, cuando ha transcurrido la suficiente cantidad de tiempo. Del interior de la cocina les llega una voz femenina que se eleva sobre el siseo de la fritura, y la mujer –Maeghan, a partir de este momento– vuelve a entrar en ella. Por un instante, el comedor se queda en silencio a excepción del murmullo de la radio, y Edward está a punto de decirse algo que no podría comprender: que, pese a las noticias de la guerra, y a la catástrofe que le dio origen, así como a las que la guerra provocará a su vez, aquí, en este comedor con vistas a un jardín parcialmente desahuciado, él está a salvo. Pero no se lo dice, por supuesto.

No sabe por qué lo hace; es un impulso o tal vez un reflejo, algo hundido en su conciencia que emerge de ella bajo la promesa de una novedad sin antecedente, sin historia: a mediodía, cuando la visión del aparcamiento a través de su ventana ya le resulta insoportable, y los pensamientos empiezan a volver a él tras haberlos enterrado en el sueño en el que cayó después del desayuno, Edward se dirige al cuarto en el que vio al hombre de la recepción el día anterior. Vuelve a encontrarlo allí, esta vez sin la chaqueta, pero con la camisa y la corbata cubiertas ya de pequeñas manchas de pintura; cuando ve que Edward ha entrado a la habitación, el hombre se dirige a él para decirle que compró los rodillos y la pintura que le indicó, pero que no hace progresos: deberían haber pintado esas habitaciones el verano pasado, cuando todavía se podían ventilar para que la pintura se seque más rápido, pero por entonces la ocupación era plena y no podían permitírselo, le dice. Por alguna razón, el hombre permanece de pie en el escalón más alto de una escalera de tijera y tiene que doblar el cuello para pintar, así de alto está; cuando le pregunta a Edward qué se le ofrece, éste no responde, sino que le pregunta, a su vez, por qué no pintó después, durante el invierno; pero el hombre no le contesta, como si no lo hubiera escuchado o no supiera qué decir, embargado por una parálisis con la que el otro, de alguna manera, se identifica. Edward se quita la chaqueta de punto que lleva desde que salió de su casa unas horas atrás —muy pocas, en su opinión, pero ya muchas, muchísimas, para los policías, que han agotado las cuarenta y ocho horas a las que limitan la búsqueda de quienes han desaparecido, aunque esto, naturalmente, Edward no lo sabe—, se arremanga y toma un rodillo y comienza a pintar a la par que el hombre de la recepción, que se queda mirándolo hasta que él también vuelve a lo que estaba haciendo, pero, a partir de ese momento, con menos torpeza, echándole miradas furtivas a Edward para ver cómo éste toma el rodillo, cómo lo carga de pintura, cómo va cubriendo la pared más próxima a la escalera con golpes precisos y resueltos que dejan en ella la pintura pero no el trazo del pintor: ese trazo y el gesto que lo produjo se borran en cuanto la pared comienza a secarse.

Después de ese mediodía, Edward y el hombre de la recepción —que el cuarto o el quinto día le pide frente a

Maeghan que lo llame sólo Callahan–, y, con ellos, Maeghan y Lucy, la joven cocinera de los desayunos, parecen
dar por sentado que recibirá alojamiento y comida mientras continúe trabajando en el hotel. Edward agradece el
hecho de que no haya preguntas, aunque imagina que esto
no es debido a la discreción de sus anfitriones sino a su temor a las respuestas que podría darles y que, en cualquier
caso, él no tiene. Quizá, simplemente, Maeghan y Callahan han visto demasiadas cosas ya en este hotel como para
querer ver más, o saber de ellas. Y Edward es bueno, pinta
bien y con rapidez, en habitaciones en las que Callahan,
por alguna razón, lo deja encerrado los primeros días
–como si tuviera miedo de lo que descubriría si pudiese
desplazarse a voluntad por el edificio–, pero en las que
poco después, quizá porque Maeghan se lo ha reprochado
–los ha escuchado discutir brevemente en el pasillo después de que Callahan cerrase la puerta–, ya no lo encierra;
con el tiempo Callahan va confiando en Edward más y
más y encomendándose a su rapidez y a su discreción y a su
talento para las reparaciones y para el cuidado del jardín,
que son una continuación natural de la vida que Edward
dejó atrás sin proponérselo.

Pinta tres habitaciones en cinco días, y después pinta dos
más; más tarde arranca de cuajo los lavabos de dos estancias y pica la pared para eliminar las manchas de humedad, coloca lavabos nuevos, reconstruye la pared y pinta:
cuando la pintura de las habitaciones ya se ha secado, ayuda a Callahan y a Maeghan a colocar en ellas algunos
muebles y a fijar en la pared frente a la cama, en lo alto, el
televisor con el que todas ellas están provistas y que –descubre– sólo funciona en algunos casos: las personas ya no

tienen interés en la televisión y los aparatos son sólo un elemento más del decorado, un poco como las sillas que resultan incómodas para sentarse y las camas demasiado duras, todas ellas parte del artificio que es una habitación de hotel, del simulacro de una casa cuya incomodidad debe disuadir al huésped de las estancias prolongadas y, en general, de la prolongación de los hábitos. Unos días después, mientras se pregunta si debe comenzar a reparar el tejado, y qué necesitará para hacerlo, se producen tres hechos que serán determinantes en los años que vienen: Edward es invitado a mudarse a un cuarto más pequeño en la buhardilla del hotel, Callahan le deja algunas camisas, un suéter y unos pantalones –que pueden haberle pertenecido o, más posiblemente, provenir de alguna tienda de caridad del pueblo– y Maeghan le enseña a hacer las habitaciones, que ha estado haciendo ella durante años, a veces con ayuda de alguien y, la mayor parte de las veces, sin ayuda. Edward encuentra en la limpieza un cierto paralelo con la pintura: en ambos casos, se dice, el propósito no es tanto dar cuenta de una actividad específica sino más bien ocultar que ésta no ha tenido lugar. En lo que hace a la pintura, no se trata de hacer posible el acceso por parte del espectador a un acto perceptivo del artista, sino de disimular el hecho de que éste está imposibilitado para percibir, ya sea porque el mundo ha devenido puramente representacional –y, por consiguiente, inabordable en términos de la representación– o porque el artista ha perdido la fe en sus capacidades. En lo que concierne a las habitaciones, por otro lado, de lo que se trata no es de limpiarlas, sino de ocultar que no se ha hecho a fondo, dejando para ello algunos rastros sin importancia de lo que habitualmente se considera una limpieza profunda. Lo que importa –le muestra Maeghan– es que al entrar en una habitación el cliente observe que ésta se ha limpiado, ya que, incluso aunque se haya hecho superficialmente, si éste no repara en ello, no quedará satisfecho con el servicio: hay que dejar trazas del paso del aspirador por la moqueta y, en ocasiones, salpicar con unas gotas de desinfectante el espejo para producir la impresión de que la habitación ha sido limpiada; tal vez con un exceso de prisa y cierta falta de interés por los detalles, pero que parezca limpia. Hay que hacer creer, le explica Maeghan. Y Edward sabe bien de lo que habla; como descubre rápidamente, en el primero o en el segundo de los cuartos en los que entra junto a la mujer, el primer día en que comienza a ocuparse de ellos, también los huéspedes dejan trazas de su presencia, aunque, en su caso, no con la intención de provocar ninguna impresión particular en quienes limpian, sino porque ésa es su prerrogativa, el habitar sin consecuencias. Cada vez que entra a una habitación, tiene la impresión de estar penetrando en la intimidad de alguien, que ha dejado un socavón en la cama, las sábanas revueltas, ropa sobre una silla o en el suelo, sobre la alfombra, su olor corporal, manchas en el baño y, a veces, si esa persona no se ha marchado ya, unos enseres personales que a Edward le parecen mensajeros de un pasado reciente pero que él ya siente remoto, afeites y objetos que traen un mensaje que no llega a comprender. Quizá, se dice un día, lo que hace que un artista ya no pueda percibir ni representar no sea ninguna transformación específica del mundo ni una pérdida de interés en su disciplina, sino una sensibilidad nueva y aguda depositada sobre cada pequeño objeto de este mundo y que lleva a que hacer cualquier cosa con él –por ejemplo pintarlo, como Edward hacía– sea un acto violento de una arrogancia infantil; cuando por fin se aprende a observar, ya no tiene sentido representar lo observado, piensa. Y en cualquier caso, a él le basta con alzar en una mano, por un instante, cada pequeño objeto con el que tropieza –pasando con la otra, rápidamente, un paño por debajo de él, con el propósito de quitar un polvo que todavía no se ha acumulado y dejar así un testimonio explícito de su presencia– para ser consciente como nunca antes de su realidad material y del hecho de que ésta sólo podría ser vulnerada si se intentara duplicarla: perdería su soberanía, su razón de ser y de estar en el mundo, como las personas y los objetos que son desplazados en pocas horas a una distancia que nunca hubieran podido recorrer por sí solos en ese período de tiempo y quedan escindidos, son víctimas de la duplicación y de una velocidad excesiva que algunos llaman *jet lag* pero es producto de un desfase de mayor importancia y de una duración también mayor, irreversible.

Un ascensor pequeño, sin hilo musical, cuyo espejo repasa con un paño cada mañana tratando de no verse reflejado en él; pequeñas plantas en la recepción que no parecen necesitar regado y que tal vez sean falsas; escaleras que nadie utiliza, excepto Maeghan y él, en ocasiones; un pequeño *honesty bar* a un costado de la recepción en el que nadie deja nada nunca; una sala de billar que hace las veces de salón de lectura al final de un pasillo en la primera planta y, en sus estanterías, libros de autoayuda, novelas románticas, malas guías de viajes por la región –las buenas, las caras, las tiene Callahan en una estantería a sus espaldas y sólo las saca para consultarlas ante los clientes–, dos sofás negros y tres sillas negras en la recepción, bajo altavoces que a ciertas horas reproducen los susurros de una estación de radio: muy pronto, todo ello le resulta a Edward tan familiar como las cajas de azulejos y las vigas y el colchón que constituyen, junto con una pequeña lámpara, todo el mobiliario de su nueva habitación, en la buhardilla. Pero no desarrolla ningún sentido de posesión hacia esas cosas y eso le produce un alivio extraordinario: desde luego, no hay mucho en todo ello que evoque un pasado reciente pero para él ya remoto e incomprensible, como el de una vieja civilización; pero tampoco hay nada que pueda inscribirse en su memoria con una gravedad nueva y comenzar a formar parte de un pasado futuro, hipotético. ¿Por qué alguien podría preferir un hotel a un hogar?, se pregunta en una ocasión, si en el primero la banalidad de los objetos y la intercambiabilidad de habitaciones y empleados hace al huésped vivir en un presente perpetuo que no deja nada tras de sí. Dentro de algunos años, sin embargo, lo que se preguntará es otra cosa: cómo es posible que alguien prefiera un hogar a un hotel, y la carga de imágenes y asociaciones –algunas muy dolorosas– con la que se ve revestido cada uno de los objetos del hogar después de haber sido habitado durante algún tiempo y por varias personas al explícito anonimato y la novedad sin peso de las cosas de un cuarto de hotel; cómo alguien se atrevería a pensar que las habitaciones y los pasillos de los hoteles, con sus planes de evacuación y sus luces de emergencia, podrían no ser superiores a los hogares, que carecen de ellos y, por lo tanto, no ofrecen escapatoria alguna.

Por qué iba a continuar produciendo belleza para un mundo que no la desea, se sorprende preguntándose un día mientras contempla la poca ropa que posee girando en falso en el tambor de la lavadora, en el sótano del hotel; durante la mayor parte del tiempo, sin embargo, se las arregla para no pensar en nada, entregado como está a tareas por completo físicas y extenuantes y, en ocasiones, nuevas para él, y por eso la pregunta lo asusta en cuanto se da cuenta de que la ha hecho. De los tres tubos fluorescentes que se reparten la iluminación del sótano sólo funcionan dos, pero ambos proyectan sobre la lavadora una luz artificial y fría que hace que la ropa en su interior parezca desgarrarse en pinceladas violentas; es una imagen bella, de algún modo, es una idea muy simple hecha realidad que, sin embargo, se dice Edward, esta vez no destruye a quien la produce ni a quien la contempla.

Una sola vez a lo largo de esas primeras semanas tropieza con alguien en una habitación cuando va a limpiarla; aunque golpeó la puerta, y nadie le respondió, cuando entra al cuarto se encuentra con una mujer a punto de salir: lleva un pequeño teléfono móvil en la mano y no levanta la vista cuando Edward abre la puerta, sólo le da los buenos días y pasa a su lado para dejar la habitación. Edward echa una mirada al cuarto mientras se pregunta por dónde comenzará; se dirige a la cama cuando, de pronto, la mujer regresa. Que no haga la cama, le dice la mujer sin dejar de mirar su teléfono; poco después de que se marche, Edward se da cuenta de que no prestó atención a su rostro y ya no sería capaz de reconocerla incluso si volviese a encontrársela, por ejemplo, en alguno de los pasillos del hotel: sólo recuerda cómo la luz del teléfono atravesaba su mano y daba a la piel entre el pulgar y el índice una luminosidad que no era de este mundo.

Descubre que prefiere unas tareas a otras, como si las semanas que lleva en el hotel fueran suficientes para desarrollar una preferencia, algo de lo que en realidad no está seguro. Lo que más le gusta es reponer lo que rompen los huéspedes, creando así la ilusión de que nada ha sucedido, de que existen acciones y accidentes sin consecuencias y que no exigen ninguna responsabilidad. Son semanas en las que Edward averigua cosas que desconocía y en las que nunca había pensado y que ocupan el lugar de todas aquellas cosas en las que, por una razón u otra, prefiere no pensar: por ejemplo, que la disposición de las habitaciones y la regularidad de los horarios expulsa en los hoteles todo temor al cambio; que en ellos sólo las personas que trabajan en el establecimiento envejecen, al tiempo que todo lo demás permanece igual o es reemplazado en cuanto se acaba, se rompe o pierde su brillo. Y que también en esto las habitaciones de hotel son mejores que los hogares, donde, en realidad, nada de lo que se rompe y se estropea puede ser restituido nunca por nadie.

No ha salido del hotel durante los veinte días que lleva ya en él, y de pronto, una noche, siente un enorme deseo de conocer el pueblo; cuando está a punto de hacerlo, sin embargo, algo lo paraliza, un antiguo temor para el que carece de palabras, algo relacionado con deseos pretéritos y perfectamente naturales de refugio y estabilidad. Recuerda que, antes de cumplir un año, cuando comenzó a andar, Olivia se llevaba a la boca todos los objetos que encontraba y luego los arrojaba al suelo; a continuación los recogía y se los llevaba a la boca y después volvía a arrojarlos al suelo, decepcionada; poco después, sin embargo, lo único que le interesaba era ocultarse en los armarios, bajo la cama, en cualquier lugar oscuro y que pudiera servirle de protección; a menudo eran sitios minúsculos, que debía de escoger por su incomo-

130

didad, y con los que Edward, pese a todo, iba a acabar reconciliándose tiempo después: cuando Olivia dejó de esconderse, fue él quien comenzó a querer hacerlo, y ahora siente la necesidad de regresar a su buhardilla, como si todo el peso de la noche y el hecho de no conocer aún el pueblo hubieran caído sobre él y lo paralizaran de algún modo.

Vuelve sobre sus pasos, sobre habilidades que no recordaba haber tenido alguna vez, que no practicaba desde su juventud; y adquiere otras que lo liberan de lo que siente como un largo período de parálisis y dudas: cambia lámparas, hace habitaciones, vacía papeleras, reemplaza artículos del minibar, recoge bandejas en los pasillos, repone lo que los clientes han robado; cuando limpia, borra la presencia del huésped y la reemplaza por la suya, que hace evidente con pequeños trucos que Maeghan le ha enseñado, como tensar las sábanas, doblar una de sus esquinas o dejar un chocolate sobre la almohada; reemplaza sillas que se han estropeado como resultado de actividades que él no se esfuerza por comprender porque se corresponden con apetencias y deseos de personas con las que nunca ha compartido mucho, excepto unas afinidades banales; comienza a desayunar de madrugada con Lucy y Maeghan antes de que lleguen al comedor los primeros huéspedes de la mañana; al terminar se mete en la cocina y lava platos, saca sartenes del fuego, abre enormes cartones de leche, latas de judías y paquetes de salchichas congeladas, y, en general, sigue las instrucciones de Lucy: cuando su embarazo ya es muy evidente y no puede permanecer de pie mucho rato, Edward la reemplaza en los fogones; de esta manera, descubre en sí mismo, no un gran interés por la cocina, que nunca tuvo, sino más bien por la transformación de cosas, que no difiere en esencia de otras transformaciones que ha llevado a cabo en el pasado, de ideas en imágenes, de pigmentos en trazos y en composiciones, de la materia de la que proverbialmente están hechos los sueños a la ficción de un arte que saldría de la nada, de la imaginación del artista, y no de la mirada del comprador, que es la devastadora verdad que el arte contemporáneo le ha enseñado. Nunca le pregunta a Lucy quién es el padre de su hijo, pero ésta le dice, un día, que es Callahan. No sabe si Lucy le dice la verdad o no, y, en este último caso, por qué se lo cuenta; por un momento duda de que haya escuchado bien, pero deja los fogones y se gira. Lucy está a su espalda, junto a una pequeña mesa que Edward le ha montado en una de las paredes de la cocina para que pueda trabajar sentada y dirigirlo, pero Lucy no está trabajando, sino que sostiene un teléfono móvil frente a sus ojos y pasa uno tras otro los mensajes, como si no tuviera interés en ellos o ya los hubiera leído; cuando levanta la vista, Edward se dice que es guapa, no de una manera espectacular, pero sí de forma evidente, pese a que él, hasta este momento, no lo había notado; los dedos pequeños pero fuertes de la joven están llenos de cicatrices del trabajo en la cocina y está comenzando a quedarse calva, quizá a raíz de los cambios hormonales del embarazo, pero tiene una cierta belleza ampliada por su juventud que a ojos de alguien de la edad de Callahan puede haber sido arrolladora. Lucy no levanta la vista cuando él se gira hacia ella, pero continúa hablando y le dice que Maeghan ya lo sabe, que se opone pero que comprende, como cualquier otra mujer de su edad, que es entendible por lo que la mujer ha pasado; cuando Edward le pregunta qué le sucedió, Lucy levanta por fin la vista de su teléfono y le dice que todos lo saben, que cómo es que él no está enterado.

No habla con nadie de lo que Lucy le cuenta, pero un día descubre que Maeghan y Callahan no duermen juntos; la mujer le pide que la ayude a cambiar un armario de sitio en su habitación y lo hace entrar a un cuarto minúsculo y oscuro, cubierto de fotografías familiares y de imágenes de santos sobre los que parecen haberse desencadenado catástrofes inconcebibles. Maeghan no hace ningún comentario al respecto, pero más tarde Lucy deja de ir al hotel y Edward la reemplaza en la cocina.

Un par de meses después de la llegada de Edward, la primavera se manifiesta por fin en su esplendor y con ella llegan también más huéspedes, viajeros de fin de semana que visitan la localidad para conocer un parque próximo y su castillo y visitar el distrito de los pequeños lagos. Casi nunca los ve. La mayor parte del tiempo está en la cocina o en algún otro lugar del hotel que no es accesible al público, alimentando la caldera, llevando a cabo alguna reparación o limpiando las habitaciones en su ausencia. Callahan mantiene su reserva, pero Maeghan se abre a él con pequeños gestos que delatan un deseo maternal sin objeto, que reprime malamente. ¿Por lo general lleva el cabello corto o largo?, le pregunta un día. Edward se lleva la mano involuntariamente a la nuca y descubre un mechón que no estaba allí antes. Maeghan le dice que puede cortárselo, que solía cortarle el cabello a sus hijos. Más tarde, en su habitación, lo hace sentarse en una silla frente a un espejo, le anuda una toalla en el cuello y comienza a cortar. Edward no se ha visto en espejos desde hace tiempo, y su imagen lo sorprende: está más delgado, la barba le ha crecido, la sorpresa ante las decisiones que ha tomado en las últimas semanas parece haberle otorgado nuevos rasgos. Cuando Maeghan termina, Edward le pide que lo afeite, y ella lo hace; al acabar, él no reconoce su rostro, que, de pronto, bajo un corte de cabello escolar, le parece el de un niño envejecido prematuramente. Se dice que tiene que preguntarle qué sucedió con sus hijos, si lo que Lucy le contó unos días atrás es cierto. Maeghan está recogiendo los mechones dispersos por el suelo cuando escucha su pregunta, pero se detiene al hacerlo y lo mira en el espejo: sus miradas se cruzan por un instante, pero Maeghan baja la vista y vuelve a barrer. Le dice que murieron en un accidente de automóvil, doce años, cuatro meses y, vacila, seis días atrás: la carretera de la Carrauntoohill se encontraba cubierta de hielo y el coche no estaba en buena forma, pero su marido conducía demasiado deprisa, mucho más de lo que se indicaba en esa parte de la vía, y además había bebido; Callahan y ella quedaron heridos, pero los hijos, que viajaban en el asiento trasero, murieron ambos, aplastados. Y ella no tuvo siquiera la suerte de perder la conciencia, agrega: estuvo perfectamente consciente aunque paralizada hasta que la subieron a una ambulancia y le inyectaron un calmante, muchas horas después, cuando ya sabía que sólo habían sobrevivido su marido y ella.

No tiene forma de saberlo, ni siquiera piensa en ello; pero en este punto Edward ya no es el que aparece en sus papeles, que continúan hablando de él en su ausencia, en algún lugar: su partida de nacimiento, los certificados médicos, de estudios, las tarjetas bancarias, su número de identificación fiscal, sus antecedentes penales, el resumen de su trayectoria artística, las facturas. Un cansancio agradable reemplaza lentamente el agotamiento irreductible, paralizador, de los últimos años; es sólo físico, y sin embargo no deja lugar a la formulación de pensamientos que Edward sólo descubre que tiene en los escasos momentos en que la fatiga no los mantiene a raya: cada vez que se dice que tiene que regresar —pero lo hace sólo una vez a lo largo de esos primeros meses— lo paralizan una enorme incapacidad de ensayar mentalmente las respuestas que tendrá que dar si lo hace, que aumentan con los días, y el abismo que, abierto ya entre su esposa y él, entre él y su galerista y sus colegas y todos los demás —quienes seguramente ya están al tanto de su desaparición y ensayan explicaciones y atribuyen su decisión a un rasgo de carácter percibido en el pasado y condenatorio, algo que sólo podía llevarlo a terminar de la manera en que lo ha hecho—, no va a poder cerrarse. Pero también lo paraliza el recuerdo de todos esos papeles que se alegra de no poseer ya, puesto que, en algún sentido, cree comprender, eran ellos los que lo poseían a él, reduciéndolo a la estadística, y no al revés.

Voces de niños, que suben desde los pisos inferiores, el sonido de los automóviles aplastando la gravilla a la entrada del aparcamiento del hotel, el de los que pasan por la carretera en dirección a Mánchester o, en sentido contrario, hacia Bolton, el de los televisores en las habitaciones, las voces de dos adolescentes que regresan del pub: todas estas cosas interrumpen su sueño, que empieza a tener la fragilidad que tenía antes, cuando se marchó. Pero es el sonido de las ratas que han comenzado a campear en el tejado —y en las proximidades de los cubos de basura detrás del hotel y, piensa, también en el trastero que él ocupa, en el que a veces cree ver sus ojos calculadores observándolo desde algún rincón, esperando– el que más lo inquieta; cuando escucha ese sonido ya no puede volver a dormir. Una mañana le habla de esto a Callahan, que le responde que es habitual que haya ratas durante todo el año, pero que es verdad que se multiplican en primavera y son un problema a lo largo del verano; el hombre sigue comiendo en silencio hasta que Maeghan dice que Callahan tiene que hacerse con unas trampas; que a mediodía, cuando los huéspedes estén fuera, va a ir a comprarlas. Callahan no responde, pero esa tarde, efectivamente, le entrega a Edward una veintena de hojas de papel encolado y le explica cómo debe colocarlas en la buhardilla.

Edward despierta pocas horas después de haberlo hecho, esa noche: cuando se yergue en su colchón y enciende la lámpara, ve una media docena de ratas arrastrándose por el suelo en posturas grotescas, producto del pegamento, que las cubre cuanto más intentan liberarse de él; algunas parecen estar asfixiándose porque el papel encolado se les ha pegado al hocico cuando han querido zafarse, y un par parecen muertas ya, pero sus ojos todavía lo observan. Y sin embargo lo peor son los chillidos, que se confunden en los oídos de Edward con voces infantiles que dijesen algo acerca de la responsabilidad y de la culpa. No sabe qué hacer, pero se dice que tiene que hacer algo, que tiene que golpear a las ratas para que terminen de morir; pero no puede hacerlo, de modo que se viste y baja a la recepción, donde Callahan dormita en una silla: al observarlo, se dice que sus rasgos guardan cierto parecido con los suyos, como si ambos fuesen hermanos extrañados, y por primera vez comprende que sus pasados se parecen y que también lo hace el modo en que los dos se hunden bajo su peso, bajo el peso de acontecimientos acerca de cuya gravedad Edward ya no alberga ninguna duda incluso aunque no sea capaz de establecer cuál es la versión correcta en torno a ellos, si la de Maeghan o la de Lucy; Callahan es como una montaña sobre la que lloviera incesantemente: el agua va a lavarla y arrastrarla con ella hacia el mar, pero se necesita mucho tiempo para que eso suceda y, hasta entonces, a Callahan, pero también a él, sólo les quedan la desesperación y la paciencia. Edward ya se ha serenado en parte y se dice que lo mejor es esperar hasta el día siguiente; cuando va a darse la vuelta para echarse en los sillones de la recepción, sin embargo, el otro abre repentinamente los ojos y se lo queda mirando con una expresión de terror en el rostro, como si no lo reconociera.

Al entrar en la buhardilla, Callahan se toma un momento para habituarse a la luz y a la presencia de las ratas, que siguen arrastrándose por el suelo; de pronto, como movido por una fuerza superior a él, que surge de algún lugar que tal vez ni él mismo puede identificar, toma una pala apoyada en la pared junto a la puerta de entrada y empieza a moverse por toda la habitación descargándola sobre las ratas, que redoblan sus chillidos: algunas no parecen más que crías aún, pero Callahan no repara en ello y continúa hasta que los chillidos han terminado y la pala que sujeta está empapada de una sangre oscura. Cuando se la entrega, Callahan le ordena que recoja las ratas en una bolsa y la arroje en el contenedor, pero Edward se queda paralizado: sabe que eso es lo único que puede hacer; sin embargo, continúa bajo la impresión de una violencia que –descubre en este momento– yace en Callahan como un pecio en el fondo de una fosa marina. Y entonces cree darse cuenta de que no es verdad que el hombre perdiera el control de su automóvil, unos años atrás, en la carretera de la Carrauntoohill, sino que intentó matarse y matar con él a su familia, en un gesto de desesperación que Edward sabe que es algo más que desesperación, que es un rechazo abierto y decidido a la posibilidad de que algo continúe –incluso la vida de las personas que amamos– en circunstancias que nos parecen insoportables, cualesquiera que éstas sean. Él sabe de lo que habla, y se dice que el parecido que creyó ver en Callahan un momento atrás no es, en realidad, una semejanza física sino el producto de una afinidad más profunda. Porque él estuvo a punto de hacer lo mismo una tarde que conducía su automóvil por la carretera, de regreso a Mánchester, junto a su esposa y a Olivia.

Una mañana, mientras están haciendo una habitación, al tiempo que repasa un espejo, Maeghan le pregunta si tiene hijos, y Edward responde que sí, que tiene una hija, pero no dice más, y Maeghan no le pregunta dónde está la niña y por qué él no está a su lado: no parece esperar que diga ninguna otra cosa ni desear seguir hablando, y los dos trabajan en silencio hasta que terminan.

Muy pronto se ha hecho a la rutina del hotel; para cuando promedia el verano, ya es la suya: Edward se levanta, se lava, prepara el desayuno, limpia habitaciones, hace camas, vacía papeleras, abre ventanas, pasa el aspirador por las moquetas como si rotulase una tierra estéril, desinfecta la ducha, seca el lavamanos como Maeghan le ha enseñado, deja las sábanas usadas a la puerta de la habitación para llevárselas después, recoge bandejas dejadas en el pasillo, regresa a la cocina cuando algún cliente pide algo en su habitación, repara los desperfectos, cuida el pequeño jardín del hotel, prepara el almuerzo y a veces la cena para Maeghan, para Callahan y para él, observa, satisfecho de que toda esa actividad le impida volver la vista atrás, pensar en lo que ha dejado, incluso en la situación en la que se encuentra. Cuando no está haciendo algo, Edward duerme, como si arrastrara un cansancio de siglos. A veces se despierta en medio de la noche y la oscuridad de su cuarto es tan grande que él se pregunta si por fin está muerto; en otras ocasiones, sin embargo, el deseo de salir, de volver a ponerse en marcha, lo asalta súbitamente. Una noche lo hace, por fin. La luna está alta y comienza a caminar hacia el interior del pueblo; al día siguiente lloverá y las nubes ya empiezan a apiñarse en el cielo; cuando tapan la luna es difícil ver por dónde se camina, aunque en ocasiones la copa de un árbol o la fachada de un edificio, que capturan de alguna manera la luz circundante, le sirven a Edward de referencia. Busca un pub abierto, pero no encuentra ninguno. Junto a un árbol ve una bolsa de patatas fritas a medio vaciar; más allá hay cuatro botellines de cerveza en lo alto del pilón de una casa y él siente el deseo intensísimo de llevárselas a los labios y beber los restos, pero no lo hace. Sólo oye sus pisadas y, a veces, el sonido de una televisión que se cuela por alguna ventana. Unos patos que dormitan en la orilla de una fuente junto a la que pasa montan un escándalo al ver aproximarse al intruso y Edward retrocede. Cuando por fin se detiene, descubre que ya ha atravesado Rivington y que las vías que se despliegan ante él conducen al interior de las últimas casas del pueblo, que ofrecen una barrera infranqueable a los movimientos, y Edward comienza a retroceder en dirección al hotel.

139

Una noche escucha llorar a un hombre al otro lado de la pared, en el ático. Edward deja el colchón y sale al pasillo que comunica las habitaciones dedicadas a alojar en esa planta trastos y productos de limpieza y las excrecencias –ya para él habituales– del hotel y descubre a Callahan sentado en el centro de una habitación, llorando; está solo y sostiene algo en las manos que él no consigue ver: cierra la puerta rápidamente, pero Callahan levantó la cabeza al escuchar que se abría y no sabe si lo ha visto. Regresa en puntillas a su cuarto y trata de volver a quedarse dormido, pero no lo consigue hasta que los primeros automóviles empiezan a transitar por la autopista a las afueras del pueblo trayendo o llevando a las personas y sus ideas de orden.

Los paseos nocturnos comienzan a hacerse frecuentes, como si con el primero se hubiera abierto una especie de esclusa; cada vez que despierta en medio de la noche, Edward se viste y comienza a caminar sin rumbo fijo. Maeghan nota su cansancio a la mañana siguiente, pero no le dice nada; empieza a dejar pequeñas cantidades de dinero en su habitación, y una vez le deja un chubasquero, pero Edward no lo utiliza; prefiere seguir sintiendo cómo la llovizna se va acumulando sobre su cabello y sobre la ropa y resbala por su rostro mientras camina por calles por las que ningún automóvil circula a esas horas. Una o dos veces entra a un pub al final de la Crown Lane y se toma una pinta, que baja por su garganta como un hábito y lo retrotrae a las primeras transgresiones de la infancia; por lo general, a esas horas, ya no quedan muchas personas en el pub, y las que quedan –no siempre las mismas, aunque siempre, invariablemente, hombres– han dejado atrás las últimas reservas de pudor de quienes fingen beber por placer, para confraternizar con otros o para matar el rato y no simple y sencillamente para embrutecerse, y no le dirigen la palabra: beben sin apartar la vista de la copa que tienen frente a ellos como si no acabaran de comprender lo que están haciendo. Una noche, Edward dobla la esquina del pub y descubre que ya está cerrado: no reparó en la hora al vestirse y salir del hotel y debe de ser muy tarde ya. Nunca necesitó dormir mucho, algo que lo sostuvo y le permitió aguantar los primeros años de Olivia, ya que Emma se negaba a levantarse de la cama para atender las necesidades de la niña y era él quien lo hacía, para ponérsela en el pecho o para cualquier otra cosa que la niña necesitase, si es que conseguía adivinar qué era, algo para lo que estaba sorprendentemente dotado, no sabía por qué; su madre solía fraccionar la noche en dos partes, entre las que permanecía sentada en la cama tejiendo, rezando o viendo la televisión sin sonido; a veces Edward se despertaba y se quedaba un rato a su lado, pero nunca intercambiaban ni una sola palabra, y poco después su madre se volvía a dormir, y él salía o volvía a la cama: decía que se había habituado a ello cuando todavía vivía en la granja de sus padres, que Edward no llegó a conocer y de cuya existencia todavía duda, así de improbable –por idílico y simple en el peor de los sentidos– era el recuerdo que tenía su madre de ella, como si no recordase un paisaje atravesado por las prácticas del trabajo y la austeridad sino un viejo telefilme nocturno, implausible pero inolvidable.

Va a comenzar a volver al hotel cuando oye risas y voces que lo llaman desde detrás de un coche, en un pequeño rectángulo de concreto que sirve de aparcamiento a una peluquería; cuando se asoma tras el automóvil, ve a dos hombres negros y a uno blanco sentados en el suelo, bebiendo: reparó en ellos unas noches atrás en el pub y es evidente que ellos también se fijaron en él, porque —como si se dirigiera a un viejo conocido— uno de los negros le extiende un botellín de cerveza y le dice que los han echado del pub y que puede sentarse con ellos si lo desea. Edward duda por un instante; finalmente, toma la botella y se sienta. El que le habló estrecha su mano y le dice que se llama Paul y que los otros son Tobiah y Costica; trabajan en el parque de caravanas al otro lado del río, en Blackrod. Edward dice su nombre y a continuación le da un trago a su cerveza; cuando lo hace, inspecciona a Tobiah, que —descubre— es casi un niño y está dormido, y a Costica, el blanco, que observa fijamente la pantalla de un teléfono móvil sin prestarles atención. Paul le dice que es nigeriano, como Tobiah, y que Costica es rumano; a continuación agrega que lo llaman Paul el Evangelista; cuando Edward observa que en realidad no hay ningún evangelista llamado así, Paul sonríe y le responde que ahora sí lo hay, y Edward se da cuenta de que es una broma que el hombre gasta habitualmente a los desconocidos y se ríe también; al terminar su cerveza, Paul se pone de pie y dice que deben regresar a las caravanas; le pregunta si puede llevarlo a algún sitio, pero Edward no sabe qué responder y dice que no. Costica apaga entonces su teléfono y abre una de las puertas del automóvil y se sienta en el asiento del acompañante; Paul recuesta en el asiento de atrás a Tobiah y lo arropa con su chaqueta, en un gesto que para Edward es familiar pero no por ello deja de conmoverlo: Tobiah es más o menos de la misma edad que Olivia y podría ser también hijo suyo. Paul se sienta en el asiento del conductor y le hace una seña a manera de despedida; después pita cuando el automóvil se pone en marcha, y Edward lo observa alejarse antes de comenzar a caminar de regreso al hotel.

Dos noches después vuelve a encontrárselos en el pub de Crown Lane, pero algo parece haber sucedido entre ellos y Paul no quiere hablar. Edward juega a los dardos con Tobiah, que resulta ser muy bueno en el juego; cuando Edward le pregunta cuántos años tiene, Tobiah responde que no lo sabe y que tiene que preguntarle a Paul, deja los dardos sobre un taburete y se dirige al hombre mayor, que vacila y finalmente le da una respuesta con la que Tobiah regresa junto a Edward. «Tengo diez o trece años», dice sin aclarar cuál de las dos cifras es la correcta; después vuelve a tomar los dados y apunta a la diana. Costica y Paul siguen bebiendo sin hablar, y a veces Costica extrae su teléfono de uno de los bolsillos de la chaqueta y se pone a mirar la pantalla iluminada como si no comprendiera qué es lo que tiene en sus manos.

Tres días más tarde Edward baja a la recepción del hotel poco antes de la cena y pregunta a Callahan por el parque de las caravanas; Callahan duda, algo parece turbarlo profundamente y necesita un instante para reponerse, pero al fin le explica cómo llegar: tiene las muñecas rojas, como si se las hubiese estado apretando un instante atrás, y las uñas comidas, pero Edward repara sobre todo en su frente, sobre la que cuelgan unos cabellos lacios y escasos en reemplazo de una cabellera que no parece haber sido muy abundante. Callahan se interrumpe tan pronto como termina su explicación y clava la vista en el mostrador que lo separa de Edward como si reparase por primera vez en su existencia; no le pregunta por qué se dirige al parque, y Edward no se lo dice: después ni siquiera recuerda haberse despedido de él.

Paul sale a recibirlo con grandes gestos cuando Tobiah –que está sentado sobre la capota de un automóvil bajo una lámpara de la calle, al parecer, sin hacer nada en concreto– le avisa de que Edward está allí. La noche es inusualmente calurosa y Paul no lleva camiseta. Bajo la luz de una lamparilla que cuelga entre dos árboles Edward descubre que Paul es extraordinariamente robusto y que tiene varios parches de piel en la parte interior de los brazos y en el centro del pecho. Costica se acerca a ellos y dice que todo está en orden, pero Paul no parece escucharlo: saca una silla plegable de una de las caravanas e invita a Edward a sentarse a su lado, en un puesto desde el que pueden observar tanto la entrada del parque –donde un tronco extendido a media altura cae por acción de una palanca, impidiendo el paso– como su interior, en el que las caravanas se alinean en tres filas y los ocupantes preparan la cena, discuten, escuchan la radio, beben, inventan excusas, se someten al tormento habitual de la convivencia durante las vacaciones. Paul vuelve a entrar a su caravana y sale con un cubo con cervezas y hielo que planta entre su silla y la de Edward, pero a continuación tiene que ponerse de pie para levantar la barrera y se entretiene hablando con los ocupantes del automóvil que sale, una pareja joven que quiere ir a una discoteca; les da instrucciones para dirigirse a Bolton y el joven le choca torpemente el puño en una especie de gesto de agradecimiento: cuando regresa a su asiento, Paul abre el puño y le muestra a Edward una moneda de veinte peniques, que el joven ha deslizado en su mano. «Viven en las caravanas desde hace tres semanas y salen todas las noches. Y cada vez que salen me dejan una moneda de veinte peniques reluciente, nueva. ¿No es raro?», le pregunta. Edward no sabe qué responder, pero recuerda sin proponérselo que esa clase de monedas está compuesta de cobre y de níquel; en alguna ocasión estudió la posibilidad de fundirlas y pintar con ellas: pensaba en un arte que incorporase de manera explícita la cuestión del valor, y podría haber fundido el cobre sin problemas, pero el níquel no, y pronto descartó el proyecto, que además —se da cuenta en el mismo instante en que lo asalta el recuerdo— era una tontería, una cosa demasiado explícita incluso para el ámbito del arte, donde todo debe ser extraordinariamente explícito para ser comprendido y además tiene que estar acompañado de una declaración del artista. Podría hablarle de esto a Paul, pero, a cambio, le cuenta que aún recuerda las monedas anteriores a 1970, grandes bloques de metal oscuro y severo cuyo aspecto disuadía de todo tipo de gasto. Pero Paul no llegó a conocerlas, admite; mientras abre dos cervezas le dice que llegó al país ocho años atrás, que entró por Dover, como la mayoría de los extranjeros. Beben en silencio durante unos minutos mientras observan cómo las luces de las caravanas se apagan lentamente; la brisa mueve las copas de los árboles, pero a nivel del suelo el aire sigue estando húmedo y caluroso; sube del barro bajo sus pies hasta sus cabezas y aumenta la sensación de bochorno, y ninguno de los dos parece tener muchos deseos de hablar. Tobiah pasa con una joven turista de cabello corto; se dirigen hacia el río, y Edward lo saluda con un gesto que el joven no devuelve, como si no lo recordara. Paul preside la no-

145

che desde su silla plegable con una botella de cerveza en una mano; hay una antigua dignidad que surge de él y un dolor antiguo del que sólo son testimonio sus cicatrices y un cansancio de generaciones. Por un instante, Edward siente el impulso de pintarlo, retratando una arrogancia exhausta que sea un reconocimiento del pasado colonial de su país y, al mismo tiempo, una ratificación de un fracaso, ya que, de alguna forma, los antiguos reyes siguen campeando en sus dominios, exhibiendo, para quien desee verlas –por ejemplo Edward, en una noche calurosa y sin acontecimientos–, su antigua elegancia y su virtud.

Edward no dice nada de esto, sin embargo; a cambio, le habla a Paul de un relato que leyó una vez, en el pasado: trataba de un hombre que escapó de su casa hastiado de cosas que ni siquiera podía nombrar y a las que ponerles nombre equivalía a fijarlas en la memoria y convertirlas en destino. En la aparente confusión de nuestro mundo misterioso, los individuos se ajustan con tanta perfección a un sistema, y los sistemas unos a otros y a un todo, que con sólo dar un paso a un lado cualquier hombre se expone al pavoroso riesgo de perder para siempre su lugar, recita Edward. Y a continuación, sin detenerse y sin aclarar que se trata de otra historia –distinta o con un personaje diferente o igual, pero no el mismo–, comienza a hablarle a Paul del trabajo en el hotel, que, pese a que sólo lleva unos meses haciendo, tiene ya la impresión de que conoce desde hace años; le cuenta que cree haber descubierto que cada cuarto de hotel es la parodia de un hogar, una imitación en la que la distancia crítica de la parodia subyace al hecho de que las cosas que se ofrecen en ella, en reemplazo de las que el huésped encontraría en su casa, están miniaturizadas o exageradas hasta el ridículo: un televisor gigante, una cama innecesariamente grande, pastillas de jabón y botes de champú minúsculos, pequeñas botellas de alcohol en una nevera que prometen, a quien las tome, una resaca reducida y más llevadera: son todos testimonios de una vida pequeña y carente de relevancia, como cualquier otra, en la que la estancia en el hotel es un paréntesis irónico, o fantasmal, ya que toda parodia es un fantasma, lo que equivale a decir que todo fantasma es una parodia, dice. No está seguro de haberse expresado bien, ni siquiera alcanza a saber si Paul le ha prestado atención; desde que escapó de su casa apenas ha hablado con alguien, y es posible que haya perdido un talento para contar historias que en realidad nunca tuvo. Vuelve sobre sus palabras anteriores —si hay un sentido debe de haberse perdido en ese momento, se dice—, pero ya no se acuerda de cómo termina el relato: recuerda que el protagonista retorna finalmente a su casa, pero ya no sabe si recibe una bienvenida imprevista y —por problemático que esto sea de imaginar— aliviada, agradecida: feliz; si es rechazado por personas que ya no lo reconocen, que son incapaces de identificar en su rostro los rasgos amados del ausente, o si es expulsado de la casa por un gemelo que desconocía y ahora ocupa su lugar, como en una pesadilla. Pero Paul sí parece haberle prestado atención: deja a su lado una botella vacía y, sin mirarlo, con la vista fija en las caravanas y en el bosque que las rodea, sobre los que se extienden su poder y su autoridad, le dice que él también sabe lo que es un fantasma, que ya ha visto muchos y no les teme. Edward espera que continúe, pero Paul no lo hace, de modo que apura su cerveza y dice que se marcha; cuando se pone de pie, sin embargo, Paul le pregunta si su hotel es de esos en los que suelen dejar una Biblia en la mesilla de noche, en un cajón; Edward le responde que sí, que hay una Biblia en cada habitación, pero que no tiene la impresión de que alguien la utilice. Paul parece contrariado; le pregunta si su hotel es antiguo, uno de esos establecimientos tradicionales que abundan en la región, y Edward tiene que admitir que no lo es, que se trata de un hotel relativamente nuevo: posiblemente lo construyeran en la década de los setenta, dice; es uno de esos hoteles carentes de aspiraciones —incluso de la aspiración de tener un pasado— cuyo deterioro no genera ninguna nostalgia, afirma Edward, un hotel que ofrece un refugio lejos de casa pero no alejado en el tiempo. Paul le cuenta entonces que él sí trabajó en un hotel antiguo, en Bristol, gracias a un compatriota suyo, cuando sólo llevaba unas pocas semanas en el país; nunca llegó a conocerlo del todo, así de grande era, aunque —pensándolo mejor, concede— él solía pasar la mayor parte del día en una especie de anexo de la cocina, lavando platos, y es posible que el hotel, en realidad, no fuera tan grande. Un tiempo después de haber comenzado a trabajar allí, ya no era capaz de distinguir entre el olor que emanaba de los restos que caían al suelo —y conformaban una especie de colchón mullido y desagradable que nadie limpiaba nunca— y su propio olor, dice Paul; semanas después de que lo echaran de aquel hotel seguía oliendo igual, a descomposición y a encierro, como si también hubiera fantasmas de olores, que persisten después de las causas que los motivaron, como una cicatriz. Edward sigue de pie y está a punto de despedirse cuando Paul interrumpe su relato para preguntarle si podría conseguirle una Biblia de esas que tiene en su hotel. Edward le dice que le traerá una. Pero todavía falta algo: antes de que se marche, Paul le pide que espere un momento y entra en su caravana; cuando regresa, trae una linterna, que le entrega. Le dice que puede volver cuando lo desee, y que con la linterna podrá cortar camino a través del bosque, si no le dan miedo los fantasmas que habitan en él. Y entonces Edward escucha por primera vez su risa, aguda como un grito.

Pero Edward no regresa al parque de caravanas hasta una semana después: el hotel recibe un autobús repleto de jubilados españoles y él tiene que multiplicarse en la cocina y en las habitaciones, junto con Maeghan; excepcionalmente, Callahan también abandona la recepción para echarles una mano, pero su ayuda es más bien un impedimento que altera la rutina que Maeghan y él han desarrollado y para la que no necesitan intercambiar muchas palabras. Una sola vez, sin embargo, Callahan es de alguna utilidad a lo largo de los ocho días que los españoles permanecen en el hotel. Lucy irrumpe en él una tarde con su niño; está borracha y dice que no tiene adónde ir, y Maeghan le pide a su marido que la entretenga hasta que se le pase la borrachera. De la paternidad real o imaginaria de Callahan no se dice ni una sola palabra, y Edward no tiene oportunidad de detenerse a pensar en ello porque los ancianos son extraordinariamente demandantes y su estancia está plagada de inconvenientes; la mujer inglesa que los acompaña debería haberles informado antes de su llegada de que éstos podían producirse, pero no lo hizo, y el resultado es que dos ancianos se emborracharon la primera noche y uno tuvo que ser recogido por Maeghan en la autopista, por la que caminaba no muy lejos del hotel sin saber adónde se dirigía; cuatro mujeres cayeron por las escaleras en diferentes momentos de la estancia y han recibido una atención médica displicente pero efectiva por parte de Maeghan y de la mujer que acompaña a los jubilados;

un intercambio de opiniones entre dos parejas en torno a unas elecciones regionales en el norte de España –sobre las que, como le informó la acompañante, las dos parejas opinaban lo mismo, pese a lo cual cada una de ellas afirmaba ser la única que tenía razón– dividió al contingente en dos bandos crispados y desafiantes.

«¿Qué piensas?», pregunta Paul, enseñándole la pistola; están en el interior de su caravana, que huele a metal recalentado por el sol, a ropa sucia y a especias que Edward no reconoce; afuera se escuchan los últimos pájaros del día y varias músicas diferentes que llegan desde las caravanas; alguien se ducha; Tobiah bebe una Coca-Cola junto a la barrera, disfrutando de su potestad sobre la circulación de los vehículos y de las personas. Edward no responde, pero rechaza el arma cuando el otro vuelve a invitarlo a que la sostenga: Paul le dice que se la cambió a un veraneante por una semana de alojamiento y que con ella se siente protegido, pero no explica de qué o de quiénes; cuando Edward se lo pregunta, Paul responde que ahora puede defender su vida, y también la de Tobiah. Pero Tobiah, en opinión de Edward, ya sabe protegerse solo.

Lucy comienza a visitar de nuevo el hotel algunas tardes; le dice a Edward que su novio es conductor de camiones y que cuando no está ella se aburre. «Cuando está, es peor», admite, pero no agrega nada más. Lucy tampoco le dice si el niño es de Callahan o del camionero, y Edward no se lo pregunta. No es capaz de identificar los rasgos de Callahan en el rostro del niño, pero tampoco reconoce los de Lucy. Y, en cualquier caso, nunca ha pensado en los parecidos más que como proyecciones de aspiraciones y deseos de otros, que el rostro congestionado de los niños que acaban de nacer refleja inocentemente a la espera de que emerjan los rasgos propios. Olivia ya era al nacer ferozmente ella, se dice Edward; pero su rostro era un enigma que esperaba ser descifrado, más que una suma de rasgos de él y de Emma o de sus padres. ¿Qué había cambiado desde entonces?, se pregunta, pero ya sabe la respuesta: que el enigma se había desplazado del ámbito del aspecto físico al de la personalidad, y que Olivia —prácticamente indescifrable; una niña distinta cada día— tiene, sin embargo, los ojos de su madre y su mandíbula.

Una vez, Edward leyó en algún sitio un relato inconcluso: si no lo recuerda mal, se trataba de la historia de una pareja que no podía tener hijos, que lo había intentado sin fortuna durante algunos años cayendo así en la espiral habitual de frustración y de reproches en la que se sumergen las parejas en su situación, que desean tener un hijo porque se aman pero comienzan a dejar de amarse, a veces trágicamente, porque no pueden tenerlo. Pero algo en esa pareja había librado a sus integrantes de las peores manifestaciones de la situación en la que se encontraban, y de esa manera un día visitaban a un pintor para que les pintase el cuadro del hijo que no habían tenido; como sucede en general, al menos en la época en la que el relato está ambientado, a finales del siglo XIX o, tal vez, a comienzos del siglo XX, los personajes dejaban librado al azar —en este caso, a la inspiración del artista— el género de la criatura y sus rasgos, que, sin embargo, esperaban que tuviesen alguna relación con los suyos; idealmente, que fueran el producto de su mezcla. Para ello, posaban en el estudio, en dos visitas que hacían por separado, en dos tardes consecutivas, durante las que el pintor –que era joven, que todavía no había tenido hijos ni se había detenido a pensar en ello, en el abismo de posibilidades y las enormes limitaciones que inaugura un hijo– no conseguía penetrar en los secretos de la pareja, que ésta guardaba celosamente para sí aun sin proponérselo. El pintor no conseguía averiguar la razón por la que sus clientes querían tener una imagen de un niño que no existía, ni qué harían con ella; suponía que iban a colgarla en su casa, en algún sitio que les pareciera especialmente noble –o susceptible de ser ennoblecido por la imagen, en el peor de los casos–, y que el arte, como sucede a menudo, vendría a ocupar otra vez el lugar de la realidad –en esta ocasión, el de la «no realidad» de un hijo– mejorándola.

De todos los encargos que ha recibido hasta este momento –no muchos, por otra parte: el pintor es joven, su reputación aún es limitada, los clientes no abundan–, el que le hace la pareja es el más especial, ya que supone no retratar a una persona, sino una idea. Y el pintor se esfuerza, realmente se esfuerza. Pinta una niña de unos seis o siete años de edad, ligeramente parecida a la madre pero con el porte y la altivez que el pintor ha creído percibir en el padre, quien resulta así el progenitor que de manera más decisiva determina el carácter de la hija, así como sus atributos morales. La pintura es –se da cuenta cuando la termina– la mejor que ha hecho hasta ese momento; en ella, la niña permanece agazapada pero completamente real, a medio camino entre sus primeros años y la mujer que comenzaría a ser, unos siete u ocho años después de haber sido retratada, si viviera: es tanto una proeza personal como una promesa de logros mayores en el futuro si tan sólo más clientes exigen que no pinte lo que existe, sino lo que podría existir y está todavía por ser realizado. Durante los días posteriores, mientras la fecha de recogida de la obra se acerca, el pintor, que la ha colgado en un sitio preferente de su estudio, se limita a contemplarla durante horas; en su transcurso, la pintura abre un surco, traza un espacio que se ensancha sólo para ella y para la niña de la que es objeto al tiempo que producto, como si su mera existencia bastase para separar un mundo obsoleto pero ordenado y otro del que él no se sabe nada todavía. Y el pintor se descubre pensando cada vez más frecuentemente que le gustaría que sus clientes no regresen jamás ni reclamen la pintura, que algo les suceda y la obra quede en su poder; no para venderla, sino para seguir contemplándola y pensando en ella, en el arte y en la posibilidad.

Una tarde, poco antes del día acordado para la recogida de la obra, lee una noticia en la prensa: una pareja ha llevado a cabo un pacto suicida en un hotel, en las afueras; no han dejado nota ni han ventilado las razones por las que alcanzaron la determinación de poner punto final a sus vidas, aunque, según el redactor anónimo, no han dejado hijos. ¿Se trata de sus clientes? ¿Son los padres de la niña no nacida a los que la espera se les ha hecho insoportable? ¿Significa eso que el cuadro queda en su poder? Y, en ese caso, ¿debe sentirse culpable por una resolución que no ha podido predecir y a la que no ha contribuido? ¿O secretamente aliviado? El relato terminaba en ese punto; sin respuestas, abierto y liberado del drama de la conclusión, que es el de impedir continuar. Y Edward solía pensar en él mientras veía crecer a Olivia, que también era una posibilidad por entonces, algo todavía inacabado y, por esa razón, potencialmente interminable. Eterno en su acabamiento. Completamente abierto. Y libre.

Una mañana, mientras está limpiando la cocina tras el desayuno, Maeghan aparece en el vano de la puerta que conduce al salón y le dice que dos policías están con Callahan y quieren verlo. Edward deja lo que está haciendo y se queda un momento observando los cazos frente a él, que ha lavado y ya están listos para más tarde, para el almuerzo que preparará para Callahan y Maeghan y para él dentro de algunas horas si es que ningún huésped pide nada al servicio de habitaciones antes; por lo demás, no piensa en nada en concreto: se seca las manos y sigue a la mujer, que apura el paso como si estuviera llegando tarde a una cita amorosa.

Los policías flanquean a Callahan, que da la impresión de haberse encogido en su presencia y observa, con una angustia visible, una fotografía que sostiene en sus manos como si fuera un artefacto desconocido; uno de los dos hombres de uniforme, el más bajo, estudia a Edward un momento y a continuación le extiende la imagen, en la que un rostro –juvenil, sonriente, de mujer– empieza a volverse irreconocible por culpa de pliegues y dobleces en el papel de la copia producidos por su manipulación en circunstancias posiblemente muy similares a ésta, en el pasado más inmediato: cuando le preguntan si ha visto a la joven, Edward admite que no, que nunca la ha visto. Los policías le dicen que eso es todo, pero uno de ellos le pregunta su nombre: cuando Edward está a punto de responderle, Callahan miente, dice que se llama Neil y es un viejo empleado del hotel, que trabaja en él desde hace tres años. Edward no sabe por qué lo hace, pero tampoco le lleva la contraria; al cruzarse sus miradas, el hombre baja la vista, y los policías también bajan la vista y poco después se retiran. Maeghan se marcha también, y Edward, que se queda solo en la recepción, no alcanza a comprender qué es lo que ha sucedido en realidad.

Vuelve a ver el rostro de la joven cuatro años después, en un periódico: han encontrado su cuerpo parcialmente enterrado en el parque de caravanas; sólo llevaba una camiseta y presentaba numerosas heridas de arma blanca —un cuchillo de caza, al parecer— en el torso, el rostro y los genitales; también hallaron las zapatillas deportivas y restos de los pantalones de lona que la joven llevaba el día de su desaparición, cuando se dirigía al parque acuático de Southport, en el que —detalla la noticia— trabajaba todos los veranos desde que comenzase dos años antes, a los dieciséis años de edad. El hallazgo se produjo de forma un tanto azarosa, como suele suceder en estos casos: una mujer albanesa empleada en una residencia para ancianos al sur de Liverpool desde hacía sólo unas semanas encontró un sobre con fotografías cuando limpiaba uno de los cuartos; en ellas se veía a un hombre y a una mujer posando sonrientes junto a un cadáver cuyo documento identificativo exhibían como trofeo. De acuerdo con las primeras declaraciones de los imputados —la pareja que ocupaba la habitación de la residencia en la que las imágenes fueron encontradas, que colaboró desde el primer momento con la investigación—, nunca antes habían matado y no tenían ninguna razón para atacar a su víctima; se habían propuesto retener a alguien contra su voluntad y torturarlo, y la joven fue la primera persona que vieron caminando sola junto a la carretera, el objetivo más fácil. La más entusiasta, la que escogió a la víctima y entabló conversación con ella para que se acercara a la caravana en la que se ocultaba el marido, y quien tomó el papel más activo en las torturas, fue la mujer, que había sido maestra de literatura en un colegio de la zona y ya estaba retirada: desde hacía unos años, admitió, padecía dolores imprecisos ante los que los médicos se mostraban impotentes. ¿Cuánto sufrimiento puede tolerar una persona antes de morir?, se preguntaban ella y su marido; el asesinato tenía como propósito responder a esa pregunta, pero en el periódico se abstienen de reproducir su respuesta, si es que la obtuvieron: su edad y su estado de salud los eximen de tener que ingresar en la cárcel, y tanto el hombre como la mujer contemplan el crimen, simplemente, como algo que hicieron en sus vacaciones, nada que repetirían, un incidente banal que no debe distraer a nadie del hecho de que siempre han sido –y en algún sentido, dicen, todavía son– ciudadanos ejemplares. «Queremos que lo que le sucedió a nuestra hija no vuelva a pasarle a ninguna otra joven en este país», afirmaron los padres de la víctima al hacerse público el hallazgo del cadáver, en una conferencia de prensa improvisada en la puerta de su hogar ante la presión de los periodistas: era una de esas viviendas unifamiliares que abundan en los suburbios y parecen haber sido concebidas con el único propósito de expulsar de ellas las malas noticias y las preguntas incómodas pero tienden más bien a atraer a las primeras y suscitar las segundas. Y la historia no termina allí, sin embargo: sólo acaba el artículo en el periódico en el que informan acerca de ella; el suyo es un cierre en falso, se dice Edward, como el de las historias reales y los mitos antiguos.

156

2

Paul, Tobiah y Costica se marchan de la zona cuando termina la temporada veraniega; al año siguiente sólo regresan Paul y Tobiah: son meses que transcurren con rapidez y, podría decirse, en voz baja, sin dejar en Edward ningún recuerdo particular, repartidos en días y en horas que no prometen nada y, por consiguiente, no defraudan ninguna promesa, sólo conforman una gran masa de tiempo deslizándose imperceptiblemente sin que él pueda pensar en ella, entregado como está a tareas que no consiguen solidificarse en rutinas porque en cada ocasión los huéspedes del hotel se comportan de modo diferente, dejan rastros distintos de su paso por las habitaciones, realizan pedidos insólitos. Es como si la cantidad de comportamientos posibles en los hoteles fuese ilimitada, como si los contornos del mundo físico y del tiempo sólo ejerciesen su influencia sobre quienes trabajan en ellos, y aun así, no mucho. De todo lo que sucede ese año, Edward sólo será capaz en el futuro de recordar dos peleas a gritos entre Maeghan y Callahan en las que Lucy se vio envuelta y cuya causa él nunca conoció; la vez en que, tras una de esas peleas, Maeghan se marchó del hotel y Callahan le pidió que fuese a buscarla al otro hotel del pueblo, en el que Maeghan había pasado la noche –y donde parecía estar esperándolo: fumaba de pie en la puerta del hotel cuando Edward llegó, y se sentó a su lado en el taxi sin decir una sola palabra–; sus visitas al pub y sus paseos nocturnos, a los que no renunció ni siquiera en invierno y acabaron conformando lo que en su recuerdo es una sola, interminable, caminata; los pequeños progresos del niño de Lucy, que solía observarlo con curiosidad cuando su madre lo depositaba en una silla alta en la cocina y lo dejaba a su cuidado y al que muy pronto Edward ya alimentaba y cambiaba y que comenzó a caminar —sin que hasta entonces hubiese dado ninguna muestra de interés por el movimiento— un día que bajó de su silla por sus propios medios y se dirigió a donde estaba Edward; las numerosísimas veces en que el novio de Lucy fue al hotel a recogerla, por lo general en su camión, borracho, propiciando discusiones y las quejas de los clientes; la oportunidad en que Lucy lo besó en la cocina y él tuvo que apartarla, suave pero firmemente, para que no continuara y cómo la joven pareció reprochárselo después durante días con su silencio.

Una mañana, cuando se encontraban a las puertas del momento más intenso de la temporada y ya estaba claro que el hotel estaría plenamente ocupado durante los siguientes dos meses, Maeghan dijo en el desayuno que ese día volvería Lucy; cuando lo anunció, Edward pudo ver en Callahan un estremecimiento que no supo si era de satisfacción o de terror y que dio lugar a la expectativa del niño que se siente descubierto o calcula mentalmente la posibilidad del castigo; para Maeghan, se necesitaba una cuarta persona que ayudase en el hotel y Lucy se había reconciliado con su madre; ya podía dejarle el niño a ella cuando estaba trabajando. Lucy iba a pasar a hacer el desayuno para los huéspedes y a ayudar a Edward con las habitaciones; ella se retiraba, así dijo, de las tareas de limpieza, pero iba a continuar reponiendo los productos agotados del minibar y el baño. Lucy trabajaría de seis a quince; qué iba a hacer Edward entonces, preguntó Callahan, pero Maeghan no respondió y el hombre pareció satisfecho con esa especie de respuesta, que era la demostración de una firmeza sin la cual —Edward era perfectamente consciente de ello– Callahan estaría perdido, y no hizo más preguntas. La tregua entre Lucy y su madre no duraría mucho, sin embargo, y unas semanas después el niño y sus necesidades eran el punto en el que convergían todas las actividades en el hotel, que éste facilitaba o impedía en consonancia con una especie de agenda propia que no revelaba a nadie.

Lucy parecía revestida de una autoridad y una circunspección nuevas, que tal vez le hubiese otorgado la maternidad y que forjó un vínculo más estrecho entre Maeghan y ella del que jamás pudo haber existido con Callahan; éste, por su parte, pasó a quedar definitivamente al margen de la toma de decisiones con el regreso de Lucy, pero no pareció resentirse: a partir de ese momento, todo lo que se esperaba de él era que permaneciese en la recepción y proveyera información –por lo general, exagerada y falsa– cuando alguien la solicitaba. En esto último, Callahan era todo un experto, que revestía de interés vulgares accidentes geográficos y construcciones del período en que la región todavía estaba habitada y producía lo que consumían sus habitantes, un poco antes de que dos guerras mundiales arrastrasen con ellas a los hombres más valiosos y, en general, a toda una cultura que sólo retrospectivamente, y haciendo una gran abstracción, podía resultar digna de nostalgia: pequeños gestos torpes de decencia y de resignación que Edward sólo había visto en sus padres, durante su adolescencia, cuando, como es habitual entre los ancianos, se habían plegado sobre sí mismos y sobre el mundo que habían conocido como si fueran hojas de papel expuestas al fuego. Durante su juventud, su padre había trabajado en el taller de un periódico, y todavía podía leer al revés cuando Edward era joven; a esa habilidad extraordinaria, que lo llenaba de orgullo, los cambios tecnológicos la habían convertido en un desecho inútil. Pero Edward siempre tuvo claro que «cambio tecnológico» es sólo una expresión más para justificar el daño que unos provocan a otros en nombre del beneficio económico y nunca ha dejado de lamentar que su padre no le haya enseñado su primer oficio, aunque no sabe para qué. Callahan, sin embargo, seguía haciendo buen uso de habilidades que algunos creían obsoletas, y las «maravillas» de la región de las que les hablaba a los huéspedes que cometían el error de preguntarle por ellas sólo lo eran por ser imaginarias.

«No puedes saber», le dijo Lucy un día, en la cocina, mientras se acariciaba abstraída la cicatriz de la operación de cesárea; la cicatriz era una de las primeras cosas que le había mostrado a Edward, a poco de regresar al hotel y como si estuviera mostrándole los estigmas de un santo, que probaban su entereza y sus sacrificios. «Lo sueltas, lo sacan de ti y después sólo está allí y lo amas, pero no puedes saber en qué se convertirá, qué será de mayor, si un héroe o un asesino, un cabrón con su madre o un buen hijo. Pero desde el primer momento sabes que lo que vaya a ser será lo que tú vas a ser cuando seas mayor, a lo que reaccionarás, y a cada momento echas más de menos lo que eras antes de que naciese, esa especie de ilusión o engaño de que podías convertirte en lo que quisieras y no en el producto de tu producto. ¿No es así?», preguntó. Pero no se lo preguntaba a Edward, sino a su hijo, que la observaba fascinado desde su balancín.

Por toda respuesta, el niño regurgitó un poco de saliva y de leche, que comenzó a escurrírsele por una de las comisuras en dirección a la inexistencia que era su cuello, y sonrió. Y Edward sonrió también, en aquella ocasión.

Paul le cuenta que Costica recibió finalmente el llamado que esperaba y se casó con una mujer británica bastante mayor que él; trabaja como taxista en Londres para los connacionales que arreglaron el matrimonio y le prestaron el dinero para pagarle a la mujer y a su familia, resume Paul –cuando vuelven a verse– con un desdén que no carece de resentimiento. Tobiah y él, por su parte, han estado trabajando en almacenes y en obras en construcción de un área amplia que va desde Dumfries, al norte, hasta Grantham, al sur, y ahora tienen opiniones contundentes sobre los habitantes del norte de Inglaterra, en especial Tobiah, que ha continuado creciendo y supera en dos cabezas a Paul; las guerras han continuado en el último año, multiplicando el dolor de sus víctimas y desalentando la confianza de que el futuro sea menos que intolerable y no nos destruya, pero Tobiah parece haber adquirido en ese lapso una enorme confianza en sus posibilidades, y unas capacidades que, se dice Edward, pronto superarán a las de Paul. No conoce ninguna de las ciudades de las que le hablan, pero de pronto tiene la impresión de que –comoquiera que sean, cualesquiera que sean su aspecto y su clima y los argumentos banales a los que sus habitantes recurran para sostener que la suya es mejor que las otras– en ellas sus amigos han permanecido fieles a sí mismos, han seguido estando «en su sitio» pese a desplazarse sin descanso por el cuello de botella de la geografía inglesa, y que en esa rara integridad que éstos exhiben a su regreso hay una promesa de felicidad, o al menos, de un sufrimiento moderado, tolerable, como él nunca ha conocido más que por períodos breves y sin historia.

Una sola vez se dijo que tenía que regresar a su antigua vida, sobre la que prácticamente no había vuelto a pensar desde que terminara; fue al acabar la temporada de verano, y Edward comprendió que ya no podía hacerlo: cada una de las cosas que le habían sucedido a lo largo de los meses anteriores entrañaba la posibilidad de tener que dar explicaciones acerca de ella en algún momento, cuando todo hubiera terminado, y hacerlo le parecía superior a las fuerzas de cualquiera, especialmente a las suyas. No le sorprendía tanto el hecho de que nadie pareciese haber intentado dar con él como el de que un acontecimiento banal lo hubiera causado todo; el seísmo que había provocado hundía sus huellas profundas en la forma en que Edward había sido criado, en la historia de sus padres, en la de su matrimonio, en los cuadros que había pintado, que parecían no interrumpirse nunca, no acabar de recortar un espacio —en una pared, visto superficialmente, pero también en la percepción, en el discurso, en el tiempo—, en la historia de una enfermedad de la que tal vez estuviera comenzando a curarse, aunque estaba seguro de que, en realidad, no hay ni una sola enfermedad que pueda ser curada, ninguna enfermedad que no deje una cicatriz perceptible y sólo cerrada en apariencia. Maeghan y Callahan no discutieron la posibilidad de prescindir de sus servicios, o no lo hicieron con él: cuando los huéspedes comenzaron a remitir con los primeros fríos, cada uno de ellos empezó a pasar más y más tiempo en su habitación, o en cualquier otro sitio. Ni siquiera disimulaban su ociosidad; Edward ya había arreglado todo lo que lo necesitaba y, a excepción de una tubería que se rompió en enero y de una tormenta de nieve que lo obligó a subir al tejado para aliviarlo y evitar que se atascasen los desagües, no hizo nada a lo largo de todo el invierno excepto leer tendido en la buhardilla y pensar –pero sólo en un par de ocasiones, por fortuna– que pintar lo había transformado tan profundamente al principio como quizá lo hiciera en ese momento el haber dejado de pintar: sólo tenía que estar atento a las señales, como un operador de radio en el interior de un submarino. Para el otoño, Edward ya había comprendido que lo único que todavía permanecía roto en el hotel no era visible y anidaba en Maeghan y Callahan y tal vez en Lucy y seguramente en él, que siempre había denunciado la tendencia a la conmiseración en las personas que conocía y, sin embargo, en ocasiones sentía lástima de sí mismo y de lo que habría podido definir por entonces como su imposibilidad de crear algo que fuese retorcido pero bueno y que tuviera peso y consistencia, algo que no fuese sólo una idea en la mente de una persona sino un objeto real que impusiera su presencia a quienes lo apreciasen –aunque fuera por unos segundos, brevemente– y hablase de todas las viejas luchas y las arduas batallas pero lo hiciera de una forma nueva, tan nueva que diese la impresión de ser tremendamente antigua, antiquísima, como la representación pictórica del mundo: por un arte así él hubiese pagado gustoso el precio habitual, se decía. Pero con el tiempo había dejado de pensar en ello, afortunadamente. Y para cuando regresaron Paul y Tobiah ese verano, Edward ya no albergaba ninguna opinión acerca del arte que hubiera deseado producir ni sobre el que produjo y que posiblemente, se dice, esté en manos de su esposa y de su galerista en este momento: no lo creó para ellas, no pintó ni para su esposa —que tampoco produjo su arte para él, por otro lado, ni le habló nunca de sus proyectos hasta que éstos estaban a punto de materializarse, e incluso entonces se refirió a ellos de manera superficial, como es frecuente en la relación entre dos artistas cuando uno de los dos teme lo que el otro pueda decirle, no desea aburrirlo o sencillamente no tiene interés en su opinión— ni para su galerista ni para el mercado del arte que ella representa —o, al menos, representó durante años sin que él sepa cómo, pese a ello, pudo ser su amigo durante tanto tiempo—, pero tampoco le molesta que ellas sean las que decidan qué hacer con su obra en este momento. De hecho, lo prefiere así.

Tobiah encuentra un hacha de mano junto al río y practica durante algunos días antes de desafiar a Edward a poner a prueba su puntería lanzándola contra los árboles; naturalmente, Tobiah le gana.

Una media docena de veces a lo largo de ese verano, Edward y los otros dos se refugian de la lluvia en el interior de la caravana que comparten Paul y Tobiah, y Edward puede estudiarla discretamente. El mantel, limpio y a rayas, sobre la pequeña mesa metálica junto a la cocina sobre la que, por lo general, hay una o dos botellas, a menudo de vodka, un paquete de velas, una radio minúscula con su delgada antena señalando algún punto más allá de la ventana, unas máscaras africanas sonrientes que le recuerdan una exposición surrealista, una alfombra desgastada de dibujos geométricos, las bolsas de basura en las que Tobiah y Paul guardan la ropa, el tendido de alambre en el que la cuelgan después de lavarla, una cama cucheta con dos colchones cubiertos de mantas: no hay más. Paul cocina pescado en salazón y pollo con arroz, pero el aroma más persistente en el interior de la caravana no es el de la comida ni el de sus habitantes, sino el de las especias que Paul utiliza, que permanece en el aire mucho después de que el de los platos se haya disipado, como si nunca hubieran terminado de adherirse a ellos.

Tobiah lo invita a probar el arma que compró Paul el año anterior, pero Edward no acepta la invitación. Dos hombres se pelean a los gritos fuera de sus caravanas cuando Tobiah la extrae del cajón de los cubiertos en la pequeña cocina y se la muestra; apunta fuera, hacia el sitio del que parecen provenir las voces, y se ríe. No sucede muy habitualmente, pero en ocasiones hay en el parque de caravanas una tensión tan palpable que Edward se da la vuelta y regresa al hotel en cuanto cruza la entrada. Una familia es expulsada por no pagar a tiempo, ese verano; tres niños se cortan la planta del pie con restos de botellas en tres episodios distintos y confusos en igual medida; un hombre golpea a su mujer y, cuando Paul intenta calmarlo, lo golpea a él también: de pronto, el hombre y la mujer se descubren golpeándolo juntos, y esa pequeña tregua en su litigio conyugal les parece tan inusitada que empiezan a reír a carcajadas y Paul tiene que reírse también. Tobiah apaga dos incendios espontáneos en las caravanas; en uno de ellos se quema un poco él también, en un antebrazo, pero no emite ni una sola queja. Dos prostitutas ucranianas que se reparten los clientes reciben una noche la visita de tres hombres en un coche deportivo y se marchan del parque; al día siguiente hay otras dos mujeres que ocupan su caravana: se les parecen, pero no son las mismas.

Edward pasa más y más horas en la cama, sumido en una especie de estupor que se le ha vuelto completamente familiar cuando termina la temporada de verano y de nuevo cierran el parque de caravanas: una cierta tranquilidad sin motivo ni propósito; a veces, cuando no hay huéspedes y baja a preparar el desayuno, descubre que Callahan ya ha comido, o sorprende a Maeghan preparando una taza de té para llevársela a su habitación; algunas mañanas desayuna solo y no ve a ninguno de los otros dos ocupantes del hotel, y en varias ocasiones lo acompaña Lucy, que ha pasado allí la noche, Edward no sabe si con Callahan o con otra persona; como no le pagan y no tiene documentación, carece de los motivos más habituales para abandonar una casa, y suele no hacerlo durante semanas. Unos días antes de que Tobiah y Paul vuelvan a dejar la zona, el primero lo llama aparte y le regala una camiseta; la ha comprado él, con su dinero, le dice. Y Edward, que no sabe cómo agradecerle el regalo –que intuye que tiene una enorme importancia, aunque no es capaz de decir en qué sentido y por qué–, se la pone de inmediato. Tobiah ha acertado con su talla, y Edward comienza a usarla casi todos los días; cuando, en una ocasión, el dueño del hotel los visita para revisar las cuentas y dar instrucciones para los meses siguientes, Maeghan pide a Edward que se marche y vuelva por la noche, así que se dirige al único lugar que conoce en la zona, el predio de las caravanas, donde se entretiene un largo tiempo contemplando los testimonios de la reciente presencia de los veraneantes, las marcas de los neumáticos sobre una hierba que se recupera lentamente, las manchas de combustible y de aceite para automóviles en las peladuras del terreno, las colillas; todas huellas de una civilización nómada que en ese momento le parece desconocida. Las incisiones en las ramas del árbol que Tobiah y él usaron para practicar su puntería con el hacha empiezan a cerrarse, y las únicas cicatrices que Edward ve a su alrededor son las del paisaje, el río y los caminos.

A lo largo de todo ese otoño, el cielo parece estar más alto de lo que Edward recordaba y haber adquirido un azul intensísimo y profundo, inusual para la época y para la zona; el aire trae consigo un vigor que había olvidado pero al que se entrega por completo durante algunas semanas. Maeghan le da una chaqueta y zapatos resistentes, y Edward se cose una mochila y un poncho impermeable con restos de un toldo que encontró en el desván; provisto con todo ello comienza a hacer excursiones por los alrededores cuando nada lo reclama en el hotel. Deja atrás las últimas casas del pueblo y sigue un sendero que descubre en su segunda o tercera salida; el sendero conduce a un puente que cruza el río y atraviesa un puñado de pequeños huertos y jardines. Nunca ve a nadie en ellos. Al otro lado de un prado en el que pastan algunas vacas y un caballo amarillo comienza el bosque, que es como un muro impenetrable: por lo general, se da la vuelta antes de llegar a él, pero un día entra y descubre a pocos metros de la cortina de árboles, oculta en la oscuridad y el brezal, una pequeña cabaña con un tejado de uralita, quizá un refugio para cazadores abandonado cuando la caza en la zona disminuyó o fue prohibida.

Edward no habla de su descubrimiento con nadie, pero regresa con cierta frecuencia al lugar durante los meses siguientes: cuando está seguro de que nadie la frecuenta, fuerza la puerta de la cabaña y entra en ella. No percibe ningún rastro de presencia humana excepto un ejemplar de una novela de David Garnett, que permanece abierto sobre una mesa en el punto en que alguien dejó de leer, levantándose de la única silla que hay en la habitación. Quién sabe por qué dejó el libro, se dice Edward; aunque el refugio apenas se eleva sobre la superficie del bosque, no es bajo: está hundido en el terreno, y dentro de él reina el olor a humedad y a descomposición de lo que lo circunda. Edward pasa algunas semanas acondicionándolo, lijando las paredes y tapando las grietas de la madera con una mezcla de serrín y cola que confecciona en un tarro de pintura que ha encontrado no muy lejos de allí; quisiera poder cambiar el tejado de uralita, pero no sabe cómo hacerlo, y esto es lo único que le impide establecerse definitivamente en la cabaña, que reemplaza al pub como el sitio donde pasa las horas cuando no está en el hotel.

Es como si tuviera la impresión de que la gran casa del mundo ha estado deshabitada hasta este momento y que a su vida anterior y a su sitio en esa vida les faltaba un intérprete: todo fue para él, en los últimos años, como un enorme cuarto vacío que estuvo tratando de llenar con la ayuda de los demás sin conseguirlo. No eran el espacio que ocupaban las grandes ideas ni los grandes relatos los que iban a llenarlo, sin embargo, sino la sucesión de impresiones y de imágenes de los años siguientes, que iba a terminar, no de devolverle la confianza en la existencia de algo parecido al sentido de las cosas —¿acaso lo tenía el hecho de que se hubiese puesto a caminar sin propósito alguno hasta llegar a este hotel o el modo en que Maeghan y Callahan siguen adelante con sus vidas tras la muerte de sus hijos?–, sino de reconciliarlo con ese vacío y con la paradójica plenitud que viene con él.

Lucy le pregunta adónde se dirige por las tardes, pero Edward no le revela su secreto; su actividad tampoco ha pasado desapercibida a los animales del bosque, y, cuando comienzan las nevadas, se habitúa a ver las huellas de uno o dos zorros en la entrada, junto a la puerta; para aumentar la eficacia del aislamiento, escoge una planta que trepa por los árboles de la zona y recubre con ella las paredes después de haberlas cubierto de una mezcla de barro y turba: contra todo pronóstico, la hiedra arraiga.

3

Un camión entrega pan en una panadería, una mujer con una falda a cuadros entra a una tienda de artículos de limpieza, un hombre que habla por teléfono se calla cuando Edward pasa junto a él. De una tienda sale el ruido de la caja registradora al abrirse y la voz de una joven que pregunta si quieren que envuelva todo para regalo. Dos años después, Edward ya no está en el hotel; ha seguido a Paul y a Tobiah y ahora trabaja en una bolera en Rothwell, agazapado detrás del *pin deck* de las pistas, en una zona oscura y polvorienta por la que corre a través de una pasarela corrigiendo la posición de los bolos antes de que un brazo mecánico los alce y vuelva a colocarlos en su sitio; es un trabajo físico y agotador que, por esa razón, lo satisface especialmente; las cosas que le gustan son todas inexplicables, se dice. Edward comparte un apartamento de dos habitaciones con Tobiah y Paul, algo más arriba; como no pueden hablar durante el trabajo, ya que el ruido –del que unos cascos sólo los protegen malamente– es ensordecedor, tienden a permanecer despiertos hasta la mañana, bebiendo y contando historias, sobre todo Paul. Edward no se pregunta si esas historias son verdaderas o no y, en el caso de no serlo, si pertenecen a Paul o éste las ha escuchado en algún sitio. A veces Tobiah ríe cuando Paul comienza a contar una historia humorística, como si ya conociera el final del relato: pero el hecho es que Paul tiende a contar sus historias desde el final hacia el comienzo, invirtiendo la lógica de la narración pero también las expectativas de sus oyentes y la moral de sus historias, que pone así en cuestión. El apartamento sólo tiene dos habitaciones. Paul lo ha conseguido a través de unos iraquíes que conoce, y no tiene agua caliente ni calefacción, de modo que los tres se turnan para vigilar las grandes ollas en las que hierven el agua para bañarse y cocinar. Tobiah –que en los meses anteriores ha desarrollado un gran interés por la radio, sobre todo por los programas informativos– pasa buena parte del día en una especie de tienda de campaña hecha con mantas y edredones, con una pequeña radio portátil. Un día, cuando el rostro de la joven asesinada vuelve a observarlo desde las páginas del periódico que Paul ha comprado esa mañana, Edward descubre que los pliegues y dobleces de la imagen no pertenecían en realidad a la fotografía que le mostraron los policías, sino a la joven fotografiada. Paul y Tobiah no la recuerdan, pero sí a sus asesinos. «Vinieron dos veranos, él cuidaba mucho de ella, eran la viva imagen del amor entre dos personas», dice Tobiah.

Dos años atrás, poco antes de que terminase la temporada de verano, Paul le contó que estaba pensando en quedarse en la zona; el dueño del parque de caravanas tenía una casa cerca de allí y le había propuesto que Tobiah y él se instalasen en ella a cambio de que mantuvieran alejados a los intrusos y reparasen los varios desperfectos que tenía. Paul parecía satisfecho con el arreglo; creía que era el momento de asentarse en algún lugar. Una tarde, sin embargo, su automóvil estaba aparcado detrás del hotel y Maeghan pidió a Edward que fuese a ver qué sucedía: el vehículo llevaba unas horas allí, pero sus ocupantes permanecían en su interior, ella no podía imaginar por qué, y una clienta irritante —«y seguramente racista», agregó Maeghan— ya se había quejado. Edward estaba restregando una olla en el fregadero de la cocina; al sacar las manos de la mezcla de agua y detergente y grasa en la que habían estado sumergidas hasta ese momento, las contempló y se dijo que ya sabía por qué estaban Tobiah y Paul allí y que lo único que no sabía era qué iba a hacer él; sus manos estaban enrojecidas y habían adquirido en los últimos años una textura nueva, como la de la piel de un animal exótico y feroz, pero ya no temblaban; habían vuelto a pertenecerle por completo. Cuando cruzó el aparcamiento, por fin, Paul salió del vehículo y lo abrazó en un gesto que Edward no supo cómo interpretar; estaba pletórico, en un estado que Edward llegaría a conocer bien y a interpretar con facilidad en el futuro, cada vez que las cosas le hubieran salido mal; al otro lado del parabrisas, sentado en el interior del vehículo, Tobiah miraba a través de su ventanilla, como si no tuviera interés en la escena que se desarrollaba frente a él. «Nos vamos», anunció Paul cuando finalmente soltó a Edward. «Basta de lo que ya hemos hecho, que nunca nos persiga. No hay hogar permanente

171

para el hombre en esta tierra», dijo. Edward no supo qué responder. Tobiah había salido del automóvil mientras el otro hablaba y Edward vio que habían asegurado el maletero del vehículo con una soga para que las bolsas en las que lo habían metido todo no cayeran con el movimiento. Les preguntó adónde se dirigían y Paul levantó la cabeza y fingió olisquear el aire. «Donde los vientos nos lleven», respondió; su exultación escondía un fondo de tristeza que Edward reconoció de inmediato; por su parte, Tobiah los observaba sin curiosidad, como si ya en ocasiones anteriores hubiera sido testigo de lo que estaba sucediendo. Cuando Paul lo invitó a irse con ellos, Edward percibió en él la punzada de inquietud que, descubrió, llevaba sintiendo desde hacía meses, desde el invierno anterior. No asintió, pero le pidió unos minutos; al girarse en dirección al hotel experimentó repentinamente el pánico de quien no sabe cómo ha llegado al sitio donde se encuentra, la sorpresa y el vértigo que asaltan a la persona que de pronto no es capaz de sentir ninguna conexión, ningún vínculo con el lugar en el que vive, sólo una especie de difusa familiaridad. Naturalmente, él lo había querido así, desde el principio; era como si nunca hubiera estado en el hotel, y cuando recogía sus escasas pertenencias en la buhardilla, el pánico ya había dejado su lugar a una serenidad sobre la que no proyectaba sus sombras el presente volviéndose pasado. Maeghan lo esperaba de pie junto a la puerta trasera del hotel y, al verla, Edward se detuvo, como si necesitase que la mujer le franqueara el paso para hacerlo, pero Maeghan no se movió. «¿Recuerdas cuando nos conocimos?», le preguntó. «Pensé que no eras de los que hablan mucho y me pareció bien. De hecho, es lo que más me gustó de ti al principio. Una vez estuve dos meses en el hospital, después del accidente; fue todavía en Irlanda, casi parece que hubiese sido en otra vida; venían los sacerdotes, las enfermeras, los policías, un psicólogo, mis hermanas: todos parloteaban sin cesar, queriendo ganarse mi confianza o levantarme el ánimo. Callahan estaba en otra habitación, él también se había accidentado. Digamos que se había accidentado. Yo no hablaba con nadie, y nunca pregunté por él, durante dos meses me dio lo mismo que estuviera vivo o muerto. Yo no sentía ningún interés por hablar, excepto con un enfermero que me gustaba: limpiaba bien, se deslizaba sobre el linóleo de la habitación sin hacer un solo ruido, cuando estaba en la habitación nunca me dirigía la palabra, como si no quisiera molestarme. Un día le pregunté algo, no recuerdo qué; tal vez cómo se llamaba. ¿Y sabes lo que me respondió? Me dijo que no era de los que hablan mucho; así que la única persona con la que yo hubiese deseado hablar era la única persona con la que no podía hacerlo. Cuando nos permitieron dejar el hospital, yo me quedé sentada en el pasillo de las visitas esperando que comenzara su turno; al llegar y verme en el pasillo, el enfermero se quedó de pie, sin hablar, como si no pudiera hacer nada más que entorpecer la salida. No lo he dicho, pero era alguien enorme, realmente una de las personas más grandes que he conocido nunca. Dios sabe que podría haber sido cualquier otra cosa en la vida, lo que se propusiera; pero era enfermero, vivía inclinado sobre pacientes pequeños y camas pequeñas y bajas en las que la esperanza era inevitablemente escasa y se reducía más a medida que pasaban las horas. ¿Y sabes qué sucedió? Fui hasta él y, cuando estuve a su lado, no le dirigí la palabra. Nos dimos la mano, luego él dio un paso al costado y yo pasé rumbo a la salida; estaba claro que era la última vez que nos veíamos: él no era mucho de hablar, y yo ya había entendido», contó Maeghan; al terminar, ella también franqueó la puerta, le entregó un sobre con algunas libras y recitó: «No seas malo. No mientas nunca. Nunca seas cruel. Y siempre tendré esperanzas en ti». Edward podía volver a trabajar en el hotel cuando quisiera, dijo; si alguna vez la necesitaba, ella estaría allí, agregó.

Paul creía que iban a encontrar algún empleo en Lanky Hill, donde un tiempo atrás había vendido tarjetas telefónicas y teléfonos móviles en el local de un nigeriano con el que había estado en el ejército, pero el local estaba cerrado y Paul no supo cómo dar con su compatriota; durante un par de semanas los tres durmieron en el interior del coche en el aparcamiento de un supermercado; solían instalarse en él unos minutos antes del cierre, cuando los guardias de seguridad ya estaban preparándose para cerrar y el movimiento de los automóviles disimulaba el suyo; las luces del aparcamiento permanecían encendidas toda la noche, y eso, sumado a los ruidos que hacían Paul y Tobiah en el asiento delantero, donde dormían –Paul reclinado en su asiento y Tobiah con la cabeza en su regazo–, llevaban a que Edward prácticamente no pudiera conciliar el sueño: por el día, cuando Paul aparcaba en algún lugar, a veces sólo para dirigirse a un puñado de personas de raza negra después de haber averiguado que no se trataba de compatriotas, Edward caía inmediatamente dormido. Paul solía estudiar durante horas la Biblia que Edward, que no se había olvidado de su pedido, había robado de una de las habitaciones del hotel el verano que se conocieron. Tobiah solía entretenerse arrojando piedras a alguna botella si encontraba una, escalando muros, fachadas de tiendas abandonadas, casi cualquier cosa que se le pusiera a tiro, sobre la que se deslizaba como un gato negro con un pro-

pósito misterioso. Uno de esos días, cuando Edward y Tobiah miraban el arroyo frente a ellos, a unos cien metros
de donde habían dejado a Paul, para ver los patos y porque Tobiah quería averiguar si podía hacerse con unos
huevos, Edward le preguntó por qué habían rechazado la
propuesta del dueño de las caravanas y Tobiah esbozó una
sonrisa cansada; una noche, le contó, Paul había bebido y
discutió con un pensionista por alguna razón que Tobiah
no recordaba. «Paul lo amenazó con la pistola», dijo. Dos
días después el dueño los echó, una mañana: el resto él ya
lo sabía.

Primero limpian un almacén de artículos para bodas frente a las torres Pendlebury, que los observan severamente
cuando salen a la parte delantera del local a tomar un
poco de aire tras haber pasado horas moviendo cajas de jo-
yería, tiaras, peluches, velos, bolsos, boleros de encaje, metros de organza y de tul elástico para los vestidos de las ca-
saderas en su gran noche; en uno de los descansos, Paul le
pregunta si está casado y Edward le responde que sí, que
una vez lo estuvo, algo que, si bien es verdad, trae un recuerdo doloroso de algunas mentiras que ha dicho en el
pasado y, en general, de ese pasado, que prefiere no recordar. Paul le dice que él también está casado, y admite que
está casado dos veces, hasta donde recuerda: cuando Edward le pregunta dónde están sus mujeres, Paul le pregunta, a su vez, dónde está la suya; Edward tiene que admitir
que no lo sabe, y Paul responde con un gesto, diciéndole que
él tampoco. «David tuvo ocho esposas», dice Paul sin dejar de estudiar las torres frente a ellos. «Pero tú no eres él»,
responde Tobiah, que elude el golpe amistoso que Paul le
lanza al escucharlo, antes de volver al depósito.

Después del almacén de artículos para novias comienzan a trabajar en la cocina de un restaurante chino detrás de la estación de Heaton Chapel; las temperaturas continúan bajando y casi todos los días llueve durante buena parte de la tarde, después de que una neblina espesa como leche condensada haya terminado de caer sobre las calles, donde Edward la sorprende cada día, al despertar. Paul ha conseguido un pequeño apartamento en un edificio al sur de Reddish y viven en el piso ocho: los dos primeros están en manos de búlgaros, que alquilan los locales a pie de calle a pakistaníes y chinos, y los restantes son ocupados por parejas jóvenes de inmigrantes de otros países y por africanos: para llegar al piso donde se encuentra su apartamento hay que pagar un pequeño soborno a los ocupantes de los tres pisos inferiores, que han arreglado los ascensores para que se detengan indefectiblemente en el quinto piso, donde siempre hay alguien montando guardia; Paul negocia con ellos un pago mensual, pero, por una parte, esto no evita que en ocasiones, cuando alguien ha bebido, la negociación no tenga efecto y haya que pagar nuevamente, y por otra, la presencia de Paul en el edificio parece inquietar a los otros africanos, que procuran evitarlo y en dos ocasiones interrogan a Tobiah sobre el asunto; cuando no hay sobras del restaurante, Paul cocina arroz *jollof*, un pudin de judías negras o pollo, que conserva en ollas y cazos que, a falta de nevera, deja fuera, en la ventana, hasta la siguiente ocasión: Tobiah afirma que Paul es un pésimo cocinero, pero Edward no sabe qué decir; sencillamente nunca ha probado comida nigeriana y no tiene ninguna opinión previa sobre ella; a veces, tal vez debido a las especias que Paul utiliza, y sobre las que deja caer un presuntuoso manto de misterio, Edward siente que el cielo del paladar se le abre y un fuerte viento empuja su cerebro, desde abajo, contra la duramadre; le gusta especialmente esa sensación. Tobiah sólo recibe un porcentaje de las propinas porque sigue siendo menor de edad, pero Edward obtiene la mitad del salario habitual de un lavaplatos, que suele darle completo a Paul en cuanto se lo entregan; nunca ha tenido demasiado interés en el dinero, excepto cuando lo ha necesitado urgentemente, y la economía del arte, con su lógica a menudo incomprensible –incluso, y en especial, para los artistas–, ha llevado a que su solución al problema haya pasado siempre por necesitar tan poco dinero como fuese posible: para Edward es un alivio que Paul se ocupe de él en su lugar; pasa buena parte del día reclinado sobre una batea, a menudo entre Paul y Tobiah, que a veces intercambian algunas frases en un idioma que él no entiende, como si de pronto se hubiesen olvidado de que Edward, en más de un sentido, no es uno de ellos. Paul parece conocer todos los que llama, siguiendo una práctica habitual, los «lugares para pelear», los sitios de la zona en los que no hay cámaras y no suele haber testigos, donde la policía no patrulla y las bandas y las aficiones de fútbol más radicales se citan para dirimir sus pleitos y se apiñan los inmigrantes; la cocina del restaurante es uno de esos sitios, en algún sentido: está al margen de la vigilancia y de la jurisdicción de las instituciones, una minúscula habitación húmeda como una cámara frigorífica en la que los restos de alimentos han conformado un colchón, otra gruesa alfombra que nadie se toma el trabajo de quitar; a la habitación nunca entra nadie, excepto ellos, ni siquiera los camareros, a los que ninguno de los tres conoce realmente, y que no los conocen a ellos, y Edward se alegra de esa falta de vigilancia sobre sus movimientos, tan distinta a lo que sucedía en el hotel, donde Maeghan siempre estaba observándolo, quizá intentando comprender sus motivaciones y la razón por la que estaba allí, que ni siquiera él conocía y en la que, por otra parte, desde que dejó el hotel ya no piensa; disfruta del hecho de que los platos sucios no dejan de entrar, impidiendo todo descanso y casi todo pensamiento: a la madrugada, cuando terminan, está tan exhausto que se queda dormido en el asiento trasero del automóvil mientras Paul conduce de regreso a Reddish. Edward no le entrega su sueldo a Paul, en una ocasión, al segundo o tercer mes en el restaurante; a cambio, se lo da a Tobiah, que lo acepta sin dejar de exhibir la arrogante seguridad en sí mismo que muestra desde hace algunos meses; quizá sabe que Edward lo está poniendo a prueba y finge no haberse dado cuenta, o tal vez no es consciente de ello, no importa: a ojos de Edward, la supera. Vuelve del centro de la ciudad a la tarde siguiente, después de haber negociado con Paul que ese día no iría al restaurante; regresa con un nuevo par de zapatillas deportivas, dos sudaderas con capucha y unos pantalones nuevos, que no le muestra a Edward pero que éste va conociendo a lo largo de los días siguientes, cuando ve a Tobiah con esa ropa, aunque sólo durante los desplazamientos desde el apartamento al restaurante, donde se la quita para no ensuciarla. Tobiah tiene sus propias ideas acerca de la moda. Edward no sabe dónde pudo adquirirlas, pero eso sólo hace que su interés por ellas aumente, y también su curiosidad por Tobiah. Una tarde, poco después, vuelve a preguntarle cuántos años tiene y Tobiah se queda un momento pensativo para responder a continuación que no lo sabe, que cree que es posible que ya tenga trece; al día siguiente Edward observa cómo, mientras se dirigen al restaurante, Tobiah y él parlamentan largo rato en su idioma; al final de la conversación, Tobiah se gira y le dice a Edward –quien, como siempre en esos trayectos, permanece ausente, mirando por la ventanilla las fachadas de las casas y los locales frente a los que pasan y los parches de cielo que se ven, a veces, entre las construcciones– que cree que en realidad ya tiene catorce o quince años.

Una vez establecido el nuevo sistema, un movimiento retrógrado hacia el antiguo sería casi tan difícil como el paso que lo colocó en una situación sin paralelo; cambiado como está, Edward rara vez es consciente de ello, más bien se considera el mismo de siempre: sus ojos apagados vagan a veces con cierto recelo, en derredor, cuando algo –un cartel, el gesto con el que alguien se lleva un cigarrillo a los labios frente a una tienda, el modo en que una mujer empuja un carro con un niño o una anciana se detiene en el medio de la acera sin justificación alguna, como si hubiese topado con un límite que no es visible pero resulta infranqueable– le trae recuerdos de una antigua perspicacia y de un miedo antiguo; pero, más a menudo, sus ojos parecen mirar hacia dentro, a un instante de peligro y a una escisión entre lo que fue y lo que pudo haber sido. Se las ha ingeniado –o, más bien, las cosas han venido a parar en esto– para separarse del mundo, hacerse humo, renunciar a su sitio y privilegios entre los vivos, sin ser admitido entre los muertos; la vida de un ermitaño no tiene paralelo con la suya: sigue inmerso en el tráfago de la ciudad como en los viejos tiempos, pero las multitudes pasan de largo sin advertirlo. Una tarde de invierno en que se produce una interrupción de algunos minutos en el tráfico de platos sucios y restos de comida, Paul y él se entretienen leyendo los mensajes que los clientes dejan caer sobre sus platos cuando ya se han comido las galletas de la suerte con las que los obsequian después de cada comida; fortunas, inmensos golpes de suerte, viajes, amoríos. Paul le entrega uno de los mensajes a Tobiah y le dice que ha sido escrito para él, pero Tobiah alza la tira de papel hasta tenerla frente a los ojos y después la arroja al suelo y sale. Edward vacila, está a punto de seguirlo pero se detiene; podría interrogarlo, se dice, pero el hecho es que ya ha comprendido: no necesita herir un orgullo que es todo lo que el adolescente tiene. Algunos días después, cuando consigue hacerle su propuesta, Tobiah dice que sí de inmediato y Edward comienza a enseñarle a leer en las horas muertas del trabajo en la cocina y en los trayectos en automóvil, en los que Tobiah primero reconoce los carteles por su color y por su tipografía y poco a poco lo hace también por las letras escritas en ellos, que dejan de tener secretos. Edward y Tobiah llenan varios cuadernos, con lo que Edward vuelve sobre una práctica largamente abandonada que le provoca el mismo placer que cuando era niño: trazar letras como dibujos, ni muy arriba ni muy pegados a los renglones, a una distancia regular entre ellos, hacer confluir una forma y un contenido, y confiar en que ambos se iluminen mutuamente.

Después de aprender a leer, Tobiah se convierte, por alguna razón, en un lector compulsivo de periódicos; pero para entonces ya no lavan platos en el restaurante chino, que han tenido que dejar a raíz de otra reyerta entre Paul y el propietario a la que Edward no asiste y que Tobiah resume con un encogimiento de hombros cuando –de regreso del restaurante, adonde han ido ese día a primera hora de la mañana para recoger la paga– Paul se limita a decirle que no tiene el dinero y Edward le pregunta qué ha sucedido. Los amigos que Paul creía en Lanky Hill tienen negocios en Rothwell, y pocos días después de dejar el restaurante, los tres ya están trabajando en un enorme solar en obras al sur de la ciudad. Paul ha conseguido papeles para todos a través de sus amigos; cuando Edward observa los suyos se dice que no es posible que vayan a ser aceptados por nadie, pero lo son, y los tres comienzan a trabajar a las órdenes de un rumano: acarrean bolsas, abren palés, transportan tuberías, limpian herramientas; a veces, Paul guisa para los obreros en una cocina que monta sobre unas planchas de metal y una parrilla en un rincón; beben casi todos los días, incluso a primera hora de la mañana, celebrando una libertad duramente adquirida que se manifiesta en la imprevisión y el capricho; los accidentes que se suceden no les producen indiferencia, por supuesto, pero sí una sed mayor, y un mayor deseo de continuar bebiendo; durante las últimas horas del día, Paul se encierra en uno de los baños químicos y procura pasar desapercibido; pronto, todos comienzan a buscar la sombra del edificio en las horas de más calor y Edward se dice que ése es su tercer o cuarto verano fuera de casa; por un momento se pregunta cómo estarán las cosas allí, y se responde que pueden haber cambiado, pero que también pueden seguir igual: ambas posibilidades lo llenan de un terror que no consigue explicarse. A veces Tobiah juega al fútbol con los otros obreros, todos mayores que él pero todavía jóvenes, todos inmigrantes: a los jóvenes como ellos los empujan de un sitio a otro hasta que adquieren la mayoría de edad y las instituciones pueden ejercer su desprecio sin ambages y perseguirlos; pero Tobiah aún puede escapar a esa suerte, se dice Edward, y ayudarlo a hacerlo es lo único que le importa en ese momento.

En varias ocasiones escucha a los obreros hablando de una guerra, pero no consigue comprender de qué están hablando: el mundo y sus acontecimientos han continuado teniendo lugar en su ausencia, por supuesto, pero él siente una escasa curiosidad por ellos. Un interés algo mayor por los jóvenes que lo rodean le hace interrogarlos en un par de oportunidades, pero ninguno sabe cómo responder sus preguntas, algo que, de hecho, lo alivia: viven en el presente, carecen de toda esperanza, no han caído en las trampas en las que caímos quienes los precedimos, todas esas mentiras acerca del progreso y el bienestar y la superación del pasado, se dice; estar entre ellos es ser como ellos, agrega; tiene ideas acerca de esa forma de vivir en el presente de las personas que lo rodean, ideas que le gustaría desarrollar pero que sólo alcanza a esbozar en su cabeza porque el esfuerzo físico durante las horas de trabajo lo absorbe por completo, y más tarde lo absorben el cansancio y el alcohol y el sueño.

Tobiah compra una bicicleta y un chubasquero en una tienda del Ejército de Salvación, comienza a pasar la mayor parte de su tiempo fuera del trabajo montado en la primera; si ha de creérsele, a veces se sorprende de lo lejos que ha llegado. Vivimos temiendo una catástrofe, cualquiera de ellas, pero esa catástrofe ya se ha producido, se dice Edward; ha tenido lugar en un pasado tan distante y de una forma tan discreta que estamos sometidos a su influjo pero no la recordamos, asumimos las consecuencias desconociendo la causa, y la aparente falta de ella hace que la sensación de catástrofe sea todavía mayor, que nos haga más daño: como el resto de los obreros, los tres comienzan a dormir en la obra tan pronto como las temperaturas lo permiten, en colchones que trae en una camioneta, una tarde, el rumano que dirige la construcción; lo hacen en cuanto ponen las primeras paredes internas del edificio para que su actividad nocturna no resulte visible desde el exterior. Edward le pide dinero a Paul y compra una bolsa de dormir y empieza a dirigirse solo por las noches a lo más alto de la edificación, alejándose de los otros y acercándose a un cielo la mayor parte de las veces oscurecido por las nubes, pero ya no amenazante. Tobiah intenta enseñarle a Paul a montar en bicicleta, pero Paul desiste después de caerse en una media docena de ocasiones: las risas de los obreros resonando en sus oídos en un atardecer más de un tiempo sin tiempo.

Un año después viven en un apartamento en Berry Brow y limpian oficinas en el centro de Huddersfield; antes reformaron una pequeña mansión rural en el área de Kirkburton, en la que vivieron como reyes destronados durante todo un invierno, sin calefacción, durmiendo en la sala principal del edificio, en la que la leña que conseguían reunir no llegaba siquiera a cubrir de calor el interior de la gran chimenea; llevaban mascarillas, pero no les servían de nada porque el polvo se les metía en los ojos, en la boca, se les entreveraba en el cabello, se pegaba con el sudor en todo el rostro: cuando estornudaba, Edward se quedaba un momento contemplando perplejo una especie de argamasa. Durante esa época de trabajo y contemplación, Paul le habló en ocasiones de su pasado, pero nunca de forma muy precisa ni en detalle; Tobiah se había comprado un pequeño reproductor portátil de discos compactos y trabajaba y dormía con él encendido, los tres discos que había comprado en una tienda Oxfam alternándose en él; aprender a leer lo había vuelto algo menos dependiente de Paul y aumentado la seguridad que parecía tener en sí mismo y en sus planes, acerca de los que, sin embargo, jamás hablaba con nadie; la suya era una inquietud sin premura que en Edward producía el efecto de tranquilizarlo. Tobiah sabe que ha visto mucho y que verá más, y no tiene prisa, y ése es su capital, se decía Edward por entonces; un capital insuficiente y completamente proporcionado al mismo tiempo. Un año más tarde viven en Berry Brow y Paul se ha distanciado de sus antiguas amistades; según él, por asuntos de política: el último favor que éstas le hacen es conseguirles un trabajo limpiando oficinas a cambio de parte de sus ingresos, Edward nunca consigue averiguar cuánto. Una mujer algo obesa que quizá provenga de Europa Oriental les enseña a manipular los productos químicos con los que limpian, que deben extraer de unos bidones en el sótano del edificio de oficinas en el que trabajan y rebajar con agua y otros disolventes antes de poder emplearlos; el trabajo tiene lugar por la noche y Edward descubre que no le desagrada; durante cinco años limpian oficinas, amparados por la noche y liberados por la rutina de la obligación de pensar en aniversarios y en fiestas populares. Un día es el cumpleaños de Paul; lo es, invariablemente, ese mismo día de los cinco años siguientes, y todas las veces le pregunta a Edward cuándo es el suyo, pero éste finge no recordarlo. Un día cualquiera, Tobiah le regala una tableta de segunda mano y le enseña a utilizarla, y además anuncia que ha decidido que su cumpleaños tendrá lugar todos los 25 de marzo, una fecha cuya elección no explica y que se convierte en un pequeño misterio durante algunas semanas, hasta que Paul se entera de que es la del cumpleaños de una adolescente del barrio con la que Tobiah se ve a escondidas desde hace algunos meses. Paul y Edward se conjuran para no decir ni una sola palabra acerca de ese descubrimiento, así como tampoco sobre las ausencias de Tobiah, cada día más frecuentes; cuando llega la fecha que éste ha escogido, Edward le regala un disco de The Clash que se convierte en su favorito a pesar de que, o tal vez porque, a Paul el disco no le gusta nada: su esposa cumplía años el 15 de febrero, recuerda Edward, Olivia nació el 25 de diciembre, una Navidad dieciocho años atrás, él tiene cincuenta y tres años en este momento.

Edward aprende a cortarse el cabello solo, lo hace con una máquina de afeitar eléctrica que deja en su cráneo una pelusa clara y densa que le da un aspecto de dureza que lo sorprende; se entera de que ciertas superficies sólo se deben limpiar con toallas de papel porque los paños ensucian si no son nuevos; descubre que un rociador del producto de limpieza que utiliza para desinfectar superficies alcanza para una planta de oficinas y que el producto no está aprobado en Reino Unido, por alguna razón; aprende que un oficinista británico produce a lo largo de su jornada de trabajo el equivalente a un balón de fútbol de basura, principalmente envoltorios de patatas fritas y vasos de café, y que la cantidad de basura tiende a disminuir a medida que se aproximan a las plantas nobles, por las que nunca parece que hubiese pasado alguien, en un simulacro de una presencia sin rastro y de una toma de decisiones sin responsabilidad que debe de ser beneficiosa para los negocios, de alguna manera; aprende además que los clips y las chinchetas pueden quedarse atascados en algún punto del brazo extensible del aspirador, por lo que es mejor agacharse y recogerlos manualmente antes de que el aspirador los succione; que al menos una vez por hora debe limpiar la boquilla del aparato para que los pelos y otros restos no la bloqueen obligándolo a volver sobre sus pasos; que el largo de los cabellos de las oficinistas británicas está remitiendo como resultado de cambios en la moda que él no había percibido hasta ese momento; que las oficinas diáfanas son más fáciles de limpiar que las que están separadas por tabiques y que, de hecho, esos tabiques parecen ofrecer suficiente cobertura a quienes los ocupan para que éstos se entreguen a placeres culpables, como las barras de chocolate, la masturbación y los caramelos blandos; que estos últimos son prácticamente imposibles de despegar de una alfombra excepto que se empleen sal y hielo, dos cosas de las que él no dispone a menudo; descubre que carece de sentido limpiar las alfombras de los pasillos si antes no se ha aspirado el rodapié, donde la suciedad se refugia, tenaz, a salvo de limpiadores menos minuciosos o desaprensivos; toma conocimiento de que los teléfonos móviles están librando una batalla encarnizada con las revistas y que empiezan a reemplazarlos en los cubículos de los baños, donde las revistas y los periódicos disminuyen hasta casi desaparecer durante ese período; que los teclados de los ordenadores son prácticamente imposibles de limpiar y que, por esa razón, es donde más se espera ver signos de limpieza; que los restos de alimentos y los envoltorios aumentan a medida que se acerca el final de mes y en épocas en las que, por alguna razón, la tensión en la oficina parece haber aumentado; que las fotografías familiares y los objetos sobre las mesas —conchas marinas, juguetes infantiles, figurillas de cerámica de perros y gatos, sujetapapeles con frases inspiradoras— son la manifestación más explícita del carácter precario del puesto que ocupa un trabajador y que lo habitual es que desaparezcan tras algunos meses, posiblemente junto con su propietario; que muchas mujeres arrojan sus tampones al váter, atascándolo, y que otras arrojan incluso sus compresas, lo que hace que prácticamente no transcurra una semana sin que alguien tenga que llamar a alguna de las muchas compañías especializadas en destapar cañerías; que los carteles en los que se pide que no se arrojen ese tipo de residuos al váter se multiplican por épocas; que esos carteles los utilizan los usuarios del baño para escribir chismorreos, participar de las campañas electorales del momento y protestar por las condiciones laborales; intuye que esas condiciones sólo son tolerables si se cree en una promoción rápida y que ésta, al parecer, nunca llega; que los flujos de inversión y de capital que determinan la suerte de las empresas son, vistos desde su nueva posición, incluso más absurdos e inextricables de lo que recordaba; al menos en dos ocasiones en esos años se sorprende abriendo las puertas de una gran oficina tras el fin de semana sólo para descubrir que en ese período ésta ha sido vaciada: sin mesas, sin ordenadores, sin cubículos ni cartelería, las oficinas parecen inmensos mataderos con vistas, con el papel de las paredes ya arrancado de cuajo y a veces colgando del techo como reses; en ambas ocasiones encuentra en el sótano del edificio buena parte de las cosas de la oficina abandonada, donde acumulan polvo a la espera de un robo compasivo que él nunca perpetra; en una de esas ocasiones, la empresa que se instala en una planta desocupada ejerce la misma actividad económica que su antecesora y sus responsables hacen poner una moqueta del mismo color que la anterior, revisten las paredes de un papel similar y disponen los espacios de trabajo de la misma manera: únicamente el nombre y el logotipo de la entrada son distintos, y presumen de una fortaleza por completo imaginaria, que engaña sólo a quienes desean ser engañados, y nunca por demasiado tiempo.

Una noche tropiezan con un puñado de nigerianos en un local de comida rápida, al regresar del trabajo; un joven que cojea ostensiblemente se dirige a la mesa que ocupan y comienza a gritarles en su lengua; hay otros hombres, que se les aproximan, y Paul les grita también; hay un instante de vacilación, un momento de peligro que se extiende lo que Paul tarda en sacar la pistola, y a continuación hay un violento griterío; otros dos jóvenes se aproximan cautelosamente a la mesa a espaldas de Paul para desarmarlo, pero en ese instante Tobiah consigue arrastrarlo fuera del local y Edward se queda tratando de serenar al primero de los hombres y a sus amigos, que se dirigen a él en su idioma hasta que comprenden que él no lo habla. Uno es un asesino y el otro es un traidor, le dicen, y a Edward no le toma mucho saber quién es quién y por qué lo afirman; los empleados del local deben de haber llamado a la policía ya porque dos uniformados entran por la puerta y se dirigen a los africanos, que empiezan a dispersarse; cuando terminan de salir, uno de los policías le pregunta a Edward si lo estaban molestando, pero en su voz hay una mezcla de sorna y de hastío y algo parecido a una aseveración tácita de que un puñado de hombres africanos en un restaurante de comida rápida sólo pueden provocar molestias, de modo que Edward niega con la cabeza y sale él también a la calle después de intercambiar las primeras y últimas cortesías con los uniformados; cuando sale, descubre que Tobiah y Paul se han llevado el automóvil y que no hay ni uno solo de sus compatriotas a la vista. Uno de los policías, descubre Edward en ese momento, se dirige hacia su coche, pero el otro se queda de pie en la acera esperando que Edward se aleje; ha comenzado a llover y el policía despliega un pequeño paraguas sobre su cabeza, un paraguas rojo con lunares amarillos, completamente fuera de lugar sobre la cabeza del policía, que no parece darse cuenta de ello.

Esa noche regresa al apartamento pidiendo a las personas con las que se encuentra señas que éstas no siempre están dispuestas a darle; como al comienzo de su historia, camina por las afueras de una ciudad junto a una carretera dejando atrás pequeños locales a oscuras y edificios de apartamentos: en todos ellos debe de haber personas viviendo y trabajando, prosperando de alguna de las muchas formas en que las personas parecen pensar que progresan estos días, se dice; muchas de ellas deben de haber cruzado ya el umbral que Edward cree haber percibido con la popularización de las nuevas tecnologías, el tipo de tecnologías en las que Tobiah parece haber cifrado en los últimos años todas sus esperanzas de liberarse de cualesquiera que suponga que son sus limitaciones, así como de las que le imponen el espacio y el tiempo: desde que le regaló la tableta de segunda mano la toma prestada diariamente para ausentarse en ella, habitando y ampliando una vida que dice que es «virtual» pero a Edward no le parece menos real que las cosas que Paul compra todos los días a primera hora, como si fuesen imprescindibles para comenzar la jornada, yogures, latas de gaseosa, barras de pan, huevos y el periódico para Tobiah, que suele leerles las noticias en voz alta mientras desayunan y en ocasiones le pregunta a Edward por nombres y sitios que son mencionados en sus páginas y que Tobiah aún no conoce. Edward no tiene la impresión de que haya mucho en ese ámbito de lo virtual que pueda interesarle a él, quien cree —aunque nunca hubiera podido formular la idea con estas palabras— que la suma de presencia y de ausencia que, según Tobiah, tiene lugar en esos sitios —en los que el joven conversa, intercambia mensajes, «conoce» a otras personas y las insulta y a veces intenta seducirlas— no es muy distinta a la de una suma de ausencia y presencia que él conoce bien porque son las inherentes a la muerte y al duelo, cosas que él debe de encarnar para otros, sin proponérselo, en este preciso instante. No ha dejado de pensar en ello cuando llega al apartamento, por fin; es medianoche y el cansancio de la jornada de trabajo y la caminata caen sobre él como una persiana metálica, anulando sus sentidos; por esa razón, por el embotamiento en el que se encuentra, no es capaz de sentir ninguna sorpresa cuando, al entrar, descubre a Tobiah y a Paul escuchando la radio como si nada hubiese sucedido: él mismo tiene la impresión de que puede ser así, que puede habérselo imaginado todo, y se lava rápidamente y se mete en la cama sin conseguir averiguarlo, pero al día siguiente vuelven a mudarse, y nunca regresan a ese local de comida rápida.

Edward contempla las grandes masas de cambios que circulan a su alrededor como si transcurriesen en el pasado y ya no produjeran ningún efecto: cada uno de esos cambios lo afecta, por supuesto; pero, para cuando los nota, ya han sido desplazados por nuevos hábitos y opiniones nuevas, y él no es capaz de saber qué piensa realmente de ellos y cómo podría haberse sustraído de su influencia. Un día, cuando lleva un año trabajando en las oficinas, descubre que sus manos ya no huelen al jabón con el que lavaba platos en el restaurante, tampoco a cal ni a las otras cosas que manipulaba cuando trabajaba en Rothwell y después en Kirkburton; antes, cuando vivía aún con su esposa y con su hija, nunca se había tomado el trabajo de olérselas ni les había prestado mucha atención, excepto por el temblor incontrolable que las asaltaba a veces impidiéndole pintar. Una penalización por sus acciones y las consecuencias de éstas, que Edward esperó durante algunos años después de haber abandonado su casa, nunca se produjo; y del esfuerzo gigantesco de haberse convertido en otro —y de estar en todos los sitios y en ninguno al mismo tiempo, en el mundo y fuera de él, vivo y muerto a la vez, para algunas personas— sólo tuvo noticias en los primeros años y en ocasiones muy puntuales, que ya no podría recordar y en las que nunca piensa. No recuerda por qué se marchó, pero está convencido de que, fuera lo que fuese que esperaba que sucediera cuando lo hizo, esto es exactamente lo que ha pasado, aunque no de la manera prevista. Un invierno especialmente duro en el que el edificio de oficinas en el que trabajan cierra durante tres semanas, Paul consigue que los contraten para reformar un apartamento en las afueras de la ciudad, en una de esas urbanizaciones modernistas en cuya concepción parece haber primado la idea de que la naturaleza es amante de las simetrías y que éstas pueden transformar el temperamento de las personas: la idea es errónea, por supuesto, pero su resultado es un orden que a Edward no le desagrada del todo, aunque enloquece a Paul y a Tobiah, que a menudo recorren el edificio durante largos minutos sin poder dar con el sitio al que se dirigen, como si fueran sonámbulos; como todo lo vinculado con el modernismo, es una promesa de recuperación y salud que se anticipó a la enfermedad que finalmente curaría. Después, cuando terminan de reformar el apartamento, Edward se descubre perplejo por el hecho de que en el mundo fuera del edificio —del que no han salido en tres semanas: en una de las plantas había un supermercado y, en otra, una tienda de materiales para la construcción— no hay reglas ni simetría, como si ambas también pertenecieran al pasado. Y su perplejidad, que no llega a convertirse en invalidez, afortunadamente, lo acompaña durante algunos días como si todavía habitara en el apartamento en reformas.

No hay progresión, se dice Edward en ocasiones; en las oficinas de los jefes, las obras exhibidas suelen ser tan malas como las que se exhiben en la recepción y en los espacios comunes, la representación pictórica de un ideal de abstracción y elegancia en el que el dinero juega un papel fundamental en todo excepto en la formación del gusto; a menudo, cuando está limpiando y se detiene a contemplar alguna obra, cree reconocer en ella una imitación de Gerhard Richter, de Pollock o —a veces, por alguna razón que desconoce— de pintores británicos como David Hockney, Roger Hilton o Ivon Hitchens: sin embargo, cuando se acerca a las pinturas descubre que no son imitaciones, son originales de esos pintores, que no supieron dejarlo a tiempo y, a diferencia de él, prefirieron la imitación a la renuncia. Pero no suele tener ninguna opinión sobre ello; no los juzga, aunque a veces siente cierta compasión, un deseo intensísimo de haber podido protegerlos, de alguna manera, de ellos mismos y de su transformación en mercancía.

Vuelven a cambiar de trabajo; en esta ocasión, después de que un limpiavidrios perdiera la vida tras caer de un andamio en el edificio de oficinas: un tiempo atrás, Paul insistía en que ese trabajo era para ellos y convenció a alguien de que les permitiera probar suerte en él, pero a los pocos minutos de estar en el exterior, sobre la plataforma, cuando ésta se encontraba aún a media altura, avanzando hacia el cielo despejado y los últimos pisos del edificio, sintió vértigo y tuvo un ataque de pánico; llamaron a Edward, que en ese momento estaba limpiando un piso de oficinas a sólo unos metros de allí, al otro lado del cristal, para que les ayudara a tranquilizarlo, pero sólo lo consiguió a medias. Paul volvió a la limpieza de las oficinas, pero desde entonces algo parece haberse roto en él y envejece a pasos agigantados, como si se deslizase por la pendiente de una colina. Edward cuida de Paul cuando se lo permite, pero la mayor parte de las veces éste prefiere estar solo, bebiendo; también bebe cuando Edward se queda a su lado, y a veces habla de sus años en el ejército, de cómo, en él, siendo todavía un adolescente, casi un niño, le enseñaron a comportarse como un hombre, aunque también a desconocer a su madre, a negar a su padre. Una noche comienza a contar cómo irrumpió con su patrulla en la aldea en la que vivía Tobiah con su familia, pero Tobiah, que está en el otro extremo de la habitación, leyendo, aparentemente sin prestarles atención, levanta la vista de su tableta y le ordena que no cuente eso; ya no quiere volver a escuchar esa historia, dice, y Paul le obedece. Unos minutos después, para romper el silencio, Tobiah lee en voz alta: «En todo lo que hicimos hubo amor, pero lo que hicimos no fue suficiente, y, así, la pequeñez de nuestros logros nos pareció una deficiencia del amor, que éste no conoce porque se opone a su naturaleza». Y agrega, sin apartar los ojos de la pantalla: «Todos somos pensamientos en la mente de Dios, y aunque es posible que "amor" sea la palabra que mejor define el tipo de pegamento que mantiene en su sitio todas las ideas que esa mente contiene, tenemos buenas razones para sostener que el modo en que ese amor se expresa es de una violencia tan infantil y desgarradora que podríamos llamarlo, fácilmente, "odio"». Paul comienza a pasar todo el día en la cama, y Tobiah no puede reemplazarlo; cuando las quejas de sus empleadores arrecian, y la muerte del limpiavidrios supone el comienzo de investigaciones sobre los empleados y su vínculo con la empresa de limpieza, los despiden; pronto se hace evidente que sólo Edward y Tobiah están en condiciones de continuar trabajando, pero Paul no está de acuerdo: una noche los amenaza con el arma y a continuación rompe a llorar, muy borracho. No pueden seguir adelante solamente con los ingresos de Tobiah y de Edward, pero no hablan de la situación, que de repente ven con una claridad insoportable. Tobiah pasa más y más tiempo con su novia, y una tarde, poco antes de que caiga la noche y salgan a limpiar las oficinas, se la presenta a Edward en la explanada frente al edificio en el que viven; de ese encuentro, Edward sólo recordará –años más tarde– cómo percibió en él, al verla, una corriente súbita de simpatía inmotivada y una sensación de seguridad que lo acompañaban aún horas después de conocer a la joven, que –esto va a escucharlo de Tobiah al día siguiente– estudia cine y hace pequeños trabajos de diseño gráfico: semanas después, cuando Tobiah le cuenta que está yendo con ella a algunas de las clases, y más tarde, cuando le dice que está pensando en mudarse con ella, Edward se da cuenta de que no está planteándole hechos consumados sino pidiéndole autorización, permiso o una ratificación de que está lo suficientemente preparado para hacer ambas cosas, y Edward le responde que lo está, que no lo dude, que adelante.

Muy poco después ya están trabajando nuevamente, en el almacén de un WHSmith en Leigh en el que reponen mercancía. Nunca resulta difícil conseguir trabajo si se conoce a las personas correctas y se sabe encajar en los resquicios que dejan deliberadamente las empresas contratistas y las subcontratadas, que a su vez encargan a alguien que reclute a sus trabajadores, subcontratándolos por su parte en virtud del margen de ganancia que permitan obtener y al hilo de vínculos nacionales y étnicos a veces indescifrables; entre esos facilitadores del trabajo, Edward es percibido como un elemento extraño y sospechoso, pero siempre acaban empleándolo porque es barato, y manteniéndolo en su puesto por su puntualidad y su detallismo y la rara serenidad sin pasado y sin futuro que transmite al resto de los empleados, entre los que circula sin establecer vínculos sólidos pero también sin sentirse excluido por completo. Un tiempo de aplazamiento y espera se instala en la vida que aún comparte con Tobiah y con Paul, como si resoluciones largamente diferidas fuesen a ser tomadas de manera inminente y, por lo tanto, pudiesen esperar un tiempo más, y Edward se habitúa a realizar largos paseos cuando Tobiah está en el apartamento y puede cuidar de Paul: en sus paseos, pasa frente a una sala de apuestas cuyo interior oculta una gigantografía, una carnicería halal, un teléfono público destripado, un local de reparación de teléfonos móviles, la parte trasera de un restaurante indio, una farmacia enrejada, una escuela de peluquería, un puente bajo el que se reúnen prostitutas de Europa del Este que suelen reírse de él sin disimulo cuando pasa

195

después de haber intentado que se fuese con ellas en un par de ocasiones, montañas de basura y escombros en las que unas y otros se han mezclado hasta el punto de que ya no es posible saber, excepto si se hace un enorme esfuerzo, qué sirvió para habitar y qué para ser descartado, dos paradas del autobús a una distancia ridículamente reducida entre sí, un taller de costura clandestino, el aparcamiento de un local de coches de segunda mano, vendedores de drogas con sus perros fingiendo que sólo han sacado al animal a hacer aguas, como si alguien pudiera creérselo.

Una mañana Paul deja la cama y anuncia que irá con ellos al WHSmith; aunque ha bajado de peso, está hinchado por el alcohol y se mueve sin la seguridad del pasado; no permite que lo disuadan, pero a las pocas horas de haber comenzado a trabajar, y aunque le asignaron una de las tareas más livianas a disposición, renuncia: simplemente abandona el carro en el que transportaba la mercancía en dirección a la puerta trasera del supermercado —donde unas manos iban a tomarla y distribuirla en los exhibidores, siempre había sido así— y sale por la puerta principal del almacén sin decir una palabra. Cuando se entera, Edward se apresura a cubrir su baja, pero no habla de ella con Tobiah hasta que terminan el turno y están regresando en metro al apartamento; al llegar, sin embargo, descubren que Paul se ha marchado, llevándose el automóvil y la mayor parte de sus pertenencias. No ha dejado ninguna nota, y ambos permanecen despiertos buena parte de la noche, leyendo y escuchando la radio; esperan, pero fingen no hacerlo en absoluto por el caso de que Paul regrese y los sorprenda y les diga que no necesita que nadie lo espere ni se preocupe por él, algo que para Paul es —o era,

Edward duda y continuará dudando en el futuro– una parte esencial de su carácter, de su naturaleza y de su idea de sí mismo: sólo al día siguiente, cuando se acerca la hora de volver al almacén, Edward se atreve a preguntarle a Tobiah si sabe dónde pudo haberse marchado Paul, pero Tobiah no sabe, y le pregunta a su vez si Paul le dijo que planeaba marcharse. Edward admite que no lo hizo, y los dos empiezan en ese momento a negociar con su ausencia –que al principio es, por decirlo así, omnipresente, pero comienza a diluirse en el transcurso de las semanas, dándole a Edward la oportunidad de comprender, por otro lado, cómo pudo haber sido vivida la suya, en su opinión, una cantidad inmensa de años atrás– y con lo que ésta hace en ellos y en su relación, que se tensa por un tiempo y se destensa después, como si algo o alguien tirase de ella.

No vuelven a verlo en los sitios que solía frecuentar, pero alguien cree haber oído que encontraron su auto calcinado al costado de la carretera. Tobiah interroga a algunos de sus compatriotas, que descorren el velo sobre la actuación de Paul en la guerra en su país y ratifican antiguas impresiones y recuerdos que Tobiah alberga en su interior y que no comparte con Edward, que se guarda para sí porque no quiere que éste conozca al Paul anterior a su primer encuentro y el hecho de que todo lo que hizo desde el final de esa guerra fue algo así como un intento de expiación, también la crianza. Edward, por su parte, trata de que las tareas de la casa y el trabajo lo absorban hasta el atontamiento: continúan esperando a Paul durante una semana, que se convierte en un mes y después en casi un año, pero terminan dejando el apartamento de Berry Brow para mudarse los tres –Edward, Tobiah y su novia– a un ático en

Brinnington, en Stockport, que una amiga de los padres de la novia —o una mujer que pertenece a su familia, Edward no pregunta los detalles— les deja gratis; después de arreglar su traslado a otro WHSmith, esta vez en Heaton Lane, todavía siguen esperando, aunque no el regreso de Paul sino un acontecimiento profundamente banal y significativo al mismo tiempo. Unos meses antes de que éste se produzca, cuando Tobiah y su novia le anuncian que van a tener un niño, Edward cree reconocer en el primero la mezcla de terror y orgullo y la solicitud de anuencia de quien espera ser admitido en el mundo de los adultos, desplazándolos, que él mismo sintió muchos años atrás, cuando hizo el mismo anuncio ante sus padres, y otorga un consentimiento innecesario, el mismo que recibió de su padre en aquella ocasión, al tiempo que siente un embarazo similar al que —comprende por primera vez en ese momento— debe de haber sentido su padre en esa oportunidad, como si hubiera descubierto que no sabe nada de la persona que tiene enfrente pero consideraba, hasta hace un momento, una parte de sí mismo.

4

No puede durar mucho más aún, sabe Edward; la situación es provisional, transitoria, sólo motivada por la necesidad y, de alguna manera, por la fidelidad que Tobiah le guarda. Van a estar bien, se dice una noche mientras los observa viendo un filme proyectado en una de las paredes del apartamento, la única disponible para ello. Quizá Edward lo haya visto antes, pero no lo recuerda; el proyector y las sesiones de cine inauguradas con la mudanza son la principal contribución que Lisa hace a su vida juntos, y

Edward ve películas nuevas y, sobre todo, ve filmes relativamente antiguos, que vio por primera vez en su adolescencia, cuando todavía no estaban revestidos del prestigio que iban a otorgarles los años y —de forma más profunda— el hecho de que hablasen de un mundo que iba a desaparecer reemplazado por otro sin causas ni consecuencias y, por consiguiente, imposible de ser narrado, en un filme o de cualquier otra forma. Un día descubre por casualidad que Tobiah llama a Lisa Cowlicks y que ésta lo llama Dandelion o Dandy, dos nombres que hablan de sus cabellos y de lo que sus cabellos dicen de ellos o ellos desean que digan; si a él también le han puesto un apodo, no llega a saberlo. De hecho, en realidad no viven juntos, sino que él vive con ellos, como si fuera un viejo criado, una situación que a Edward le parece bien, por cuanto lo libera de sus responsabilidades sobre Tobiah, que nunca se dijo que tuviera y sin embargo ejerció, a su manera, desde que lo conoció, ya hace años, cuando todavía era un niño pero había perdido la inocencia y no parecía albergar en él ni deseos ni apetencias excepto el de seguir adelante pese a todo. Ven un filme inspirado en las vidas de Jackson Pollock y Lee Krasner, y a Lisa le sorprende que Edward sepa quiénes fueron ambos, pero Edward no responde cuando la joven le pregunta cómo es que los conoce y tampoco comparte con ella sus observaciones y su progresivo desencanto hacia el filme, que nunca llega a rozar siquiera su verdadero asunto, que es el de la inspiración y la vida y lo que termina con ambas.

Durante dos años alternan el trabajo en el almacén con la cosecha de espárragos cerca de Woodbridge, en Suffolk, gracias a unos lituanos que se quedan con su paga y descuentan de ella, a veces aleatoriamente, costos de alimentación y de transporte; pero es durante ese período, en que permanecen, por decirlo así, a la espera –y, más aún, cuando Tobiah y su novia comienzan a intentar resolver algunos de los numerosos inconvenientes que la existencia de Tobiah y la de su hijo parecen representar para las autoridades–, pero más todavía al regresar Tobiah y su novia del hospital y poner en sus manos una pequeña cosa sorprendente y rabiosamente viva, cuando Edward siente un deseo irrefrenable de saber qué hace Olivia, en qué se ha convertido. Un día visita una tienda de reparación de teléfonos móviles del barrio; cuando le pregunta al vendedor cómo podría realizar una búsqueda en internet, el empleado le señala los ordenadores en el fondo del local, pero Edward se dirige hacia ellos y no sabe qué hacer y se queda de pie hasta que el empleado, quien tal vez no sea capaz de comprender cuán remoto le parece a Edward el mundo en el que él y todos quienes conoce viven ya –un mundo del que no pueden escapar y que los ha transformado sin que sean capaces de comprender cuándo y de qué manera–, le enseña cómo utilizar el navegador.

No sabe qué siente al ver el rostro de Olivia, no podría decirlo ni siquiera si se lo preguntaran; una posible respuesta es que siente alivio, y un cierto orgullo al saber que es actriz y que ha descubierto su talento a una edad temprana: el alivio es irreprimible, aunque hasta este momento Edward no tenía la impresión de que estuviese preocupado por ella; el orgullo, en cambio, no le corresponde, por cuanto él no hizo nada para que Olivia se convirtiera en actriz, se dice, excepto quitarse de en medio para que su vocación y su talento aflorasen sin control; alguna vez había intuido que ambos fructificarían si él no estaba allí, si se les ofrecía la posibilidad de salir del cono de sombra de la presencia del padre; así fue con él, que descubrió qué deseaba hacer realmente cuando se marchó de su casa y ya no tuvo ninguna obligación de seguir sus dictados ni temor de que sus aspiraciones y sus exigencias chocasen con las suyas propias, ninguna necesidad de tratar de estar a la altura de lo que ambos, y en especial su padre, esperaban de él. Olivia, por su parte, se ha convertido en lo que ella parece haber deseado y lo ha hecho sin tener que resistir ninguna aspiración y ninguna exigencia, como una niña feraz y liberada, y eso justifica varias cosas que Edward no puede precisar en este momento; actúa en un teatro de New Islington, él podría ir a verla; no sabe qué sentiría si lo hace, ni siquiera si podrá acercarse a ella, pero está dispuesto a correr un cierto riesgo, que es —se da cuenta— el de la decepción: al otro lado de los vidrios del locutorio, más allá de la figura del empleado, ha comenzado a llover y las prostitutas se refugian en las paradas del autobús entre gritos y corridas, pero las ancianas que alimentan a los gatos que viven bajo los coches siguen hablándoles y observándolos comer como si nada sucediera, con un estoicismo filial y quizá patológico; la acera crepita, como si estuviera demasiado caliente, y los ocupantes de la terraza de un restaurante indio se han refugiado ya en el interior del local; un bolso arrojado al costado de la calzada con frascos de cremas, compresas y pintalabios le hace pensar en un robo cuando pasa a su lado.

Una cierta impresión de familiaridad comienza a hacerse evidente cuando el autobús que tomó hace unos minutos entra en Mánchester, pese a que la ciudad ha cambiado y, en realidad, él nunca llegó a conocerla bien durante los años que vivió en ella; cuando baja en la parada de New Islington, no sabe qué hacer, y tiene que dar algunas vueltas hasta dar con el teatro; todavía faltan dos horas para que comience la función, pero él compra su entrada y se sienta en un parche de hierba a contemplar las aguas de un canal en las inmediaciones; unas décadas atrás, la zona era por completo industrial y debía de estar repleta de hombres como él y como Tobiah y Paul, cuyo único capital eran sus manos, en una vida tal vez más simple, pero con el tiempo se ha transformado en el tipo de zona urbana que, en su promesa de bienestar y seguridad, rechaza la vida y queda vacía. Edward no piensa en eso, sin embargo: cuando era niño, una calle cortada, un muro que discurriese junto a cualquier vía y pareciera no terminar nunca, una puerta cerrada, lo dejaban en un estado de furiosa estupefacción, como si el espacio y –por lo tanto– el tiempo traicionaran su viejo compromiso de que serían ilimitados y estarían siempre a su disposición; lo recordaba en ocasiones como ésta, cuando se encontraba en espacios abiertos en los que los muros de las casas y de las fábricas habían sido tirados abajo y el espacio, y el tiempo, volvían a ser incalculables y a estar disponibles, cumpliendo una promesa nunca formulada pero que sigue creyendo que alguien le hizo alguna vez.

Una joven con una anilla en la nariz lo invita amable pero persistentemente a levantarse y salir de la sala; así de absorto en sus pensamientos se ha quedado tras el final de la obra: cuando se pone de pie, Edward tiene la sensación de que es más alto que antes, pero no puede explicarse por qué y qué le sucede; se entretiene a la salida del teatro diciéndose que le gustaría ver a Olivia una vez más —revelár-sele, en algún sentido—, pero que quizá Olivia no quiera verlo, no sepa cómo actuar en su presencia, qué hacer: no lo asusta la posibilidad de que vaya a rechazarlo, dadas las circunstancias, sino más bien el temor de que, no hacién-dolo, interponga entre ella y él un muro de indiferencia. Necesitamos la ficción para convencernos de que las cosas pueden ser distintas de como son, para continuar creyen-do que existe algún tipo de diferencia entre lo que hace-mos y lo que —aparentemente, «sólo»— imaginamos y por-que, en nuestro deseo de comprender la naturaleza secreta de las cosas de este mundo, sentimos una necesidad irre-primible de consuelo; pero Edward no tiene ninguna fic-ción para Olivia, ningún deseo de engañarla. Y, sin em-bargo, la idea de que podría hacerlo para aliviarle la carga se le impone por un breve instante cuando la ve: ha cam-biado, por supuesto —de hecho, está casi irreconocible, o eso le parece a él—, pero, se dice Edward, es Olivia, sigue siendo ella. Unos minutos después, mientras se dirige de regreso a la parada del autobús, es incapaz de recordar la conversación que han mantenido, ni siquiera es capaz de recordar cómo es su rostro, como si lo hubiese visto en un sueño.

No conoce la cafetería en Withington en la que lo citó, y tan pronto como entra en ella se encuentra completamen-te fuera de lugar, por completo engañado; se sienta frente a la joven y pide una taza de té sin dejar de observarla: de niña tenía un rostro anguloso y serio, hermoso pero un poco inquietante a raíz de la energía maniática que parecía recorrerlo por momentos, pero con los años se le ha redon-deado, y la electricidad ya no está allí; lo enmarcan unas ondas de cabello que no parecen encajar con el recuerdo que tenía de Olivia, que siempre odió que el cabello le cayera sobre el rostro y se lo recogía mecánicamente con un gesto que un día Edward descubrió que practicaba lenta y reflexivamente frente al espejo, como si estuviese tratando de desenterrar sus facciones de la no muy espesa mata de cabellos que luchaba por ocultarlas. Una inquietud que no recuerda haber sentido la noche anterior se instala sobre la conversación y los gestos; quizá comenzó la noche anterior, sin embargo, cuando ella le escribió la dirección de la cafetería en la palma de la mano: mientras le habla de los sitios en los que vivió desde su marcha y de los trabajos que tuvo, y después, al escucharla hablar de lo que ella pudo, por su parte, haber encontrado en la actuación y en los sitios en los que vivió desde su marcha —pero, sobre todo, cuando se descubre contándole las viejas historias de su nacimiento que Olivia debería conocer bien; y más aún, hay que decir, cuando le pregunta por sus abuelos—, Edward siente agitarse en él un enorme deseo de salir de allí, como si una vida interior que consiguió acallar durante todos esos años, expulsando de ella la incertidumbre y el miedo, volviera a manifestarse de repente y lo hiciese a raíz de palabras, de simples palabras. Una sola cosa lo retiene, y es la pregunta que ella le hace de por qué se marchó, que él responde lo mejor que puede, no sabe por qué ni para quién; no puede darse cuenta de ello, pero en ese momento su rostro se nubla en un gesto de hostilidad que no es hacia Olivia sino hacia la existencia de un mundo exterior del que, por fin, es plenamente consciente. No llega a comprender del todo por qué se siente engañado desde que entró en la cafetería, pero se da cuenta de que la causa de su malestar —que en los últimos minutos buscó inútilmente en el tiempo transcurrido desde que se mar-

chara; en su temor a que Olivia lo rechazase; en la incomodidad inevitable del lugar, del sitio, de la hora; en la
necesidad de explicar cosas que carecen de explicación y,
en realidad, no tienen ninguna importancia, o tienen una
importancia absoluta que ninguna palabra puede expresar— es un gesto que la joven frente a él hace en ocasiones,
mientras está abstraída observándolo; es sólo un ademán,
pero revelador, y Edward se dice que quizá Olivia haya
heredado la dureza de su madre, que él llegó a conocer
bien: si es así, él ya no va a saberlo. No va a volver a mo-
lestarla. Le gustaría decirlo en voz alta y a continuación
cumplir con su promesa. Decirlo le parece superior a sus
fuerzas, sin embargo; en última instancia, le parece inútil,
ya que la joven frente a él no es Olivia: cuando le extiende
una cucharilla y la joven la toma con su mano derecha,
Edward ya sabe todo lo que tiene que saber, que es prácticamente nada, y se pone de pie sin intentar comprender
con quién estuvo hablando, qué sucedió en realidad, por
qué Olivia —si era la persona con quien habló la noche anterior y no otra, por ejemplo una compañera de reparto—
puso entre él y ella una tercera persona. Cuando Olivia
nació, la gran preocupación de Edward era cómo tomarla
en brazos, pero pronto aprendió la forma más conveniente
de hacerlo, de la que estaba orgulloso: no muy fuerte, para
no asfixiarla, pero tampoco tan débilmente que la niña cayera al suelo; unos años después, sin embargo, Olivia ya
hacía todo el trabajo ella, y él sólo tenía que rodearla con
sus brazos; el vínculo entre ellos seguía siendo intenso,
pero podía pasar —en especial si se observaba con detenimiento el modo en que Edward la abrazaba en los últimos
años de su infancia— por una forma de inconsistencia y
desapego: quizá Olivia recordó esa fragilidad y prefirió
evitar un encuentro que a él pudiese hacerlo tambalear y a

205

ella destruirlo o destruir el vínculo entre los dos; pero lo importante es que no ha hecho esto último y que, por lo tanto, el vínculo entre los dos sigue abierto, como todas esas cosas que todavía están por suceder o que, habiendo ya sucedido, han cambiado de significado y por esa razón no nos sueltan; como sea, él prefiere no detenerse a escuchar lo que la joven tenga para decirle: posiblemente sea algo por completo verosímil, pero el rechazo de Olivia también es verosímil y a Edward esto le basta. No se gira para volver a verla cuando abandona la cafetería, no hay razones para ello.

Una vez más siente el deseo imperioso de marcharse, que ya no va a contener; durante los próximos meses, una y otra vez sus pensamientos van a volver sobre sus paseos por el bosque de cuando aún vivía en el hotel. No sabe si lo que siente es nostalgia, pero sea lo que sea, y suponga lo que suponga, ya ha penetrado en él como un objeto extraño. Quisiera volver a cruzar el puente que atraviesa el río y los pequeños huertos y jardines en los que nunca vio a nadie, quisiera volver a ver el caballo amarillo y atravesar la cortina de árboles y encontrar, oculta por el brezal y la hiedra, la pequeña cabaña que rehabilitó antes de seguir a Tobiah y a Paul; la zorra preñada que solía tomar el sol frente a la cabaña debe de haber tenido ya su cría, y ésta debe de haber tenido la suya también, piensa, y Edward siente el anhelo intensísimo de ver todo ello nuevamente. Va a trabajar unos meses más en el almacén sólo para disfrutar de los trayectos en metro con Tobiah y para ayudarles a él y a su novia con el niño, del que se encarga cuando están estudiando; son buenos padres, le parece: están aterrados, pero eso no les impide cuidar de su hijo. Edward se dice que, con el tiempo, va a echar de menos el mundo en el que ha estado viviendo desde que abandonó su hogar, un mundo en el que todo era perfecto e inmutable y cada cosa tenía un sitio asignado excepto él mismo, que podía deambular por él a su antojo, una especie de infancia como la que le gustaría que tenga el niño. Una noche, en la cocina, Tobiah finge recordar que ése es precisamente el día en que Paul se fue, y que se cumplen tres años de su ausencia; como Edward no recuerda qué día se marchó Paul, asiente. Beben de pie, uno al lado del otro, mirando a través de la ventana las viejas fábricas y los edificios de viviendas que rodean la carretera impidiéndole expandirse; ninguno de los dos pregunta al otro qué cree que le sucedió –de hecho, ambos recuerdan que Paul tenía una pistola, y están seguros de que algún día alguien hallará su cuerpo del mismo modo en que, aparentemente sin proponérselo, alguien encontró su coche junto a la carretera unos años atrás–, pero Tobiah rompe finalmente el silencio para preguntarle a Edward en qué está pensando y Edward admite que está recordando un día de enero, en la obra en construcción en Rothwell; nevaba intensamente y Tobiah y él se pusieron a hacer un muñeco de nieve y Paul se quedó a su lado, dándoles instrucciones que ellos no atendían; pese a ello, al final dijo que lo habían hecho exactamente como él les había indicado y los felicitó. Tobiah ya tiene su visado de estudiante, que le consiguió un abogado que pagaron entre los tres hace unos meses; desde luego, ha pasado tanto tiempo desde aquella tarde en la obra en construcción que posiblemente ya la haya olvidado, pero Tobiah le dice que aún la recuerda, y que debían de parecer tres cuervos sobre la nieve, completamente fuera de lugar pero con sus oscuras intenciones a resguardo. ¿Edward sabía que el arma era de fogueo?, le pregunta un instante después; Tobiah lo descubrió un día en que se la robó para defenderse de otros niños, cuando todavía vivían en las caravanas: si hubiera tenido balas de verdad, dice, se habría producido una tragedia. Naturalmente, Edward no sabe qué responder: por un instante siente el impulso de decirle a Tobiah que se irá, pero Tobiah se gira para tomar otros dos botellines de la nevera y le extiende uno y Lisa entra con el pequeño y éste extiende los brazos hacia el cuello de su padre y éste lo toma en los suyos y Tobiah le pasa a Lisa su botellín y Edward se gira para sacar otro de la nevera para Tobiah y el instante se disipa en esa suma de movimientos torpemente coreografiados y sin ningún propósito concreto.

Debido al nomadismo de los últimos años, y en parte a raíz de una inclinación personal, no tiene muchos objetos y los guarda en dos mochilas que desde hace algunos años son su única contribución a las casas que ocupa. Quizá Maeghan todavía pueda emplearlo, se dice, aunque también piensa que prefiere no volver a trabajar en el hotel; tal vez pueda encargarse del jardín y del árbol de la entrada, si es que le permiten trabajar exclusivamente al aire libre. Nunca necesitó mucho, de todas formas, y emplea esas palabras u otras muy similares cuando una noche en que Lisa y él están solos en la casa le anticipa que se marcha y le pide que no se lo diga a Tobiah; le entrega el dinero que ha conseguido reunir en los últimos años, una cantidad no muy alta pero aun así importante para la economía de la pareja: quizá con ella les sea posible contratar a alguien para que cuide al niño mientras ellos estudian; por su parte, admite, cualquier cosa que hagan con la suma que les deja le parece bien; él se ha quedado sólo con una pequeña cantidad para cambiar un tejado, dice:

cree que puede hacerlo solo. Lisa le responde que no tiene por qué marcharse, pero los dos saben que lo hará y el saberlo establece entre ellos una sensibilidad y un vínculo nuevos. Una mañana Edward se da cuenta de que el momento de hacerlo ha llegado; se lava, se viste y busca a Tobiah para advertirle que ese día no irá a trabajar, que no se encuentra bien. Tobiah levanta la vista del periódico y se queda mirándolo como si tratara de reconocer una enfermedad que Edward le oculta al mismo tiempo que le informa de ella, pero a continuación le dice que no se preocupe, que llamará a un conocido que también vive en Huddersfield y a veces trabaja en el almacén. Edward lo recuerda; en varias ocasiones han regresado juntos en el metro: en una oportunidad les contó que solía conducir un camión entre Calais y Dover y que estuvo preso algún tiempo pese a que no pudieron probarle nada, cosa que puede ser cierta o no, pero que carece de importancia en el tipo de sitios en los que Tobiah y él –y antes Paul– han estado trabajando todos estos años, en el que las trayectorias laborales son extensas y contradictorias y las biografías se hacen y se deshacen a la luz de acontecimientos y estados de ánimo nunca del todo inteligibles y sobre los que no es conveniente preguntar; en este aspecto también, se dice Edward, es un sector muy parecido al que él conoció cuando pintaba, la así llamada escena del arte contemporáneo, en la que las vacilaciones y la interrupción se imponían al fingimiento de un curso estable, las reputaciones surgían y se desvanecían sin pausa y las biografías de los artistas eran su única obra de importancia.

Quisiera todavía darle un abrazo a Tobiah, pero no lo hace. Lisa sí lo abraza cuando, unos minutos después de que Tobiah se haya marchado, se dirige con él hacia la puerta del apartamento; lleva al niño en brazos, y Edward trae consigo sus cosas, de modo que el abrazo es torpe y breve. Un instante antes de marcharse, como movido por un deseo de no volver a cometer algunos errores, por la voluntad y el propósito de no hacer daño esta vez, Edward retrocede sobre sus pasos y dibuja, en el exterior de un sobre que encuentra sobre la mesa de la cocina, un pequeño mapa en el que recrea de memoria un itinerario con sus instrucciones; si Tobiah lo desea, podrán volver a verse. En el instante en que el ascensor alcanza la planta del apartamento y Edward se dirige hacia él, tiene por primera vez la impresión de que ya no está allí, de que es como si en realidad nunca hubiera estado. Y, sin embargo, todavía siente entre los dedos la humedad de la mano del niño, que sostuvo en las suyas por un momento a modo de despedida.

5

Los tres pequeños zorros estallan en risas cada vez que un cuarto zorro, algo mayor y de color más claro, pierde el equilibrio mientras trepa por el tronco de un roble y cae; cuando esto sucede, se arrojan sobre él y le muerden las extremidades y la cola hasta que el otro se zafa de ellos. No sabe de dónde pudo salir ese cuarto zorro; los otros tienen tan sólo un par de meses de vida y su madre está vigilándolos desde lo alto de la pila de leña que Edward ha estado reuniendo desde que comenzó el otoño; antes de instalarse en la cabaña no sabía que los zorros pueden reír, pero ahora lo sabe y ríe él también, aunque en voz baja, mientras los observa acuclillado en un parche de luz. ¿Por qué razón se les atribuirá una astucia demoníaca?, se pregunta. La mayor parte de las veces, cuando los tres pequeños zorros consiguen ocultarse en el pozo que han estado cavando bajo las raíces del roble, comienzan a chillar histéricamente y su madre tiene que ir a su rescate; al reencuentro le suceden más juegos y a veces estornudos, con los que los zorreznos expulsan el polvo que les ha entrado en las narices porque, a pesar del poema de A. A. Milne que Edward aprendió en su infancia, los zorros no tienen pañuelos. Por lo general, en las canciones y en los relatos, sirven de espejo a los pensamientos de los hombres, desvelan sus más recónditos deseos y suscitan en ellos la conciencia de la responsabilidad de sus actos; pero a veces también los engañan con imágenes y espejismos que los destruyen por cuanto surgen de ellos mismos, son la realización de deseos irrealizables y de propósitos sólo esbozados en el fondo de la conciencia. Unos días atrás, uno dejó ante su puerta los restos de una hembra de urogallo, no sabe si por descuido o para probar algo: por las noches la madre ronda el leñero en busca de roedores y pequeñas serpientes, pero, a la hora de recogerse, los cuatro se internan bajo un avellano a cuya sombra han cavado un refugio. Nadie los molesta, tampoco los escasos caminantes que Edward ha visto internarse en el bosque desde que comenzó a vivir en la cabaña: cuando se aproximan, le basta alzar un brazo en señal de saludo y fingirse deseoso de una conversación entre extraños para que los caminantes rectifiquen el rumbo y se alejen, también con un brazo levantado; en su caso, en señal de despedida. Edward cree tener todo lo que necesita para pasar el invierno, pero no lo sabe con exactitud y es posible que aún necesite comprar algunas cosas: en las últimas semanas ha estado trayéndose de Rivington latas de alimentos, algunos cazos, ropa de abrigo que compró en una tienda del Ejército de Salvación, jabón, velas, baterías para una linterna que se ha prometido usar sólo en situaciones excepcionales, semillas de patatas, de zanahorias y de nabos que ya ha plantado detrás de la cabaña, pastillas para depurar el agua de lluvia que recoge en un gran cubo a unos metros de la construcción, algunos libros. A ratos se dice que su posesión más importante es la linterna; pero, en los hechos, sólo la pequeña pala y el hacha que compró al día siguiente de llegar son realmente imprescindibles, aunque no en mayor medida que un libro acerca de los alimentos que pueden encontrarse en el bosque que halló en la tienda del Ejército de Salvación junto con la ropa de abrigo y que lleva algunos días estudiando: si consigue arreglárselas para conservar las bayas, las semillas y las ciruelas que ha estado recogiendo, y si las semillas que ha plantado brotan en algún momento, parte de los alimentos enlatados no va a ser necesaria. Unas semanas atrás, en cuanto se instaló en la cabaña después de que todo pareciera resolverse –si bien de un modo no muy comprensible para él, que nunca ha estado del todo seguro de entender requerimientos legales y demandas, de los que una vez más fueron otros los que tuvieron que ocuparse–, a Edward se le hizo evidente que, contra lo que había pensado, no iba a poder cambiar el tejado él solo; los obreros que contrató para que lo hicieran por él tuvieron que cargar a hombros las vigas, las tejas y el resto de los materiales desde el punto transitable más próximo a la cabaña, en la senda improvisada por los propietarios de la región para desplazarse a Belmont; en cuanto terminaron, Edward improvisó una escalera y se las arregló para cubrir el tejado con una gruesa capa de barro y ramas, sobre la que espera que acabe arraigando la hiedra, y después se dedicó a reparar los destrozos que los hombres habían provocado en el camino, borrando sus huellas; quien buscase el antiguo refugio para cazadores no lo encontraría, piensa a veces, así de bien se oculta en la oscuridad del bosque, convertido en una parte de él.

Una tarde, al verlo en la linde del prado, el caballo amarillo se le acercó y le permitió por primera vez que lo acariciara; quizá acusaba una soledad que Edward no sentía desde que había notado que todas las personas que había conocido a lo largo de su vida permanecían con él, de algún modo; el arreglo del refugio le parecía, de hecho, una consecuencia imprevista de lo que tantas veces antes había hecho junto a Paul y a Tobiah y a otros cuyos nombres había olvidado: tirar tabiques, arrancar moquetas y abrir ventanas en edificios de los que sólo debían quedar en pie las paredes de carga y las fachadas, estas últimas porque constituían parte de un patrimonio histórico que la exigencia de proteger probaba inexistente, una mera ilusión. Una vez, Tobiah encontró en el sótano de una de esas viviendas una maleta repleta de cartas; en otra ocasión, fue él quien halló algo, un tocadiscos que Paul se apresuró a vender, como hizo con las cuarenta sartenes de venta por catálogo —todas ellas sin usar— que encontraron en el fondo de un armario, en otra casa, y con los juguetes viejos y las fotografías que hallaban a veces enterradas bajo las capas de moqueta con las que otros los habían cubierto en el pasado. Edward nunca pudo averiguar a quién le vendía Paul esas cosas ni puede imaginar qué sucedería con ellas después de su venta, quién desearía comprarlas y —en el caso de los objetos más personales y de escasa utilidad como las fotografías y las postales— para qué: casi todas parecían al final de su vida útil, pero era inobjetable que ésta continuaba en algún sitio, en manos de otras personas, del mismo modo en que ellos y personas como ellos habían continuado y continuaban viviendo pese a que algo o alguien –autoridades de inmigración, antiguos empleadores y parejas, a veces ellos mismos, incapaces de controlarse– había determinado que no tenían derecho a hacerlo; vivían, proliferaban lejos del centro, en unos márgenes que –y ésta era la principal lección que éstos tienen para ofrecer, si es que tienen alguna– están, en realidad, en todas partes, también en cada uno de esos sitios en los que aceptamos que nos confinen porque nos resultan familiares y porque nos parece que en ellos la amenaza de perderlo todo ha sido conjurada. Si llegásemos a conocer cómo son las cosas en realidad, y cuál es su causa, sólo sentiríamos dolor y pena, le dijo su esposa en una ocasión; fue poco después de haberla conocido, mucho antes de que se convirtiera en su esposa, pero sigue sin olvidarlo. La caja de pinturas que Olivia le regaló hace unos días continúa debajo de su cama, en el interior de la cabaña, como esperando algo: una pulsión, un cierto arrojo cuya motivación Edward ya percibe aunque no podría explicar, del mismo modo en que no podría explicar por qué, mientras se dirigía al bosque, tras haber dejado atrás la casa que había compartido con Tobiah y con su familia –es decir, la que Tobiah había creado, no la que había recibido de Paul, a la que Edward se había sumado sin proponérselo–, cuando estaba aproximadamente a mitad de camino, según sus cálculos, pensó que todavía le quedaba una cosa por hacer y comenzó a caminar de regreso a su antigua casa.

No hacía más que volver sobre sus pasos, pensó; de hecho, la lluvia que caía sobre su rostro parecía la misma de aquella oportunidad, pero lo que Edward veía al caminar –dos hombres fumando en cuclillas con la vista baja frente a la puerta de un supermercado chino, como si buscaran algo que hubiesen perdido; montones de basura; un arbusto; dos jóvenes comiendo en un BMW rebajado, en el aparcamiento de un McDonald's; autobuses vacíos que pasaban a su lado sin hacer el más mínimo ruido; árboles que parecían miembros mutilados que alguien hubiese injertado en el cemento de las aceras; supermercados; gimnasios; una pareja sentada a una mesa junto al cristal, cada uno de sus miembros mirando el móvil con lo que le pareció que era pánico; un pub cerrado en cuya fachada las gotas de lluvia desacreditaban a quien había pintado en ella, sin mucho talento, dos palmeras y un atardecer tropical– había adquirido un significado distinto para él, que ahora podía entender las fuerzas movilizadas por debajo de su superficie. No era el mismo trayecto que había realizado en aquella ocasión, sin embargo –aunque acabaría convirtiéndose en él si, al dejar atrás el Northern Quarter, conseguía recordar el camino hacia Rivington–, se extendía más al sur; pero había coincidencias, rimas que revelaban, en el momento en que Edward las percibía, el verdadero contorno de las cosas. No había llegado a Levenshulme aún cuando se desprendió de la segunda mochila que llevaba consigo, que dejó de pie en la puerta de una escuela de conducción, a la vista de un puñado de mendigos que bebían cerveza con sus perros a la entrada de un Tesco y que se dirigieron hacia ella antes incluso de que él –que lo vio todo al doblar la esquina– se hubiese alejado lo suficiente; a la altura del Swinton Grove Park y de la casa de Elizabeth Gaskell, la ciudad que él había conocido en su juventud empezó a materializarse: si ya no le parecía la misma era sólo porque él tampoco lo era ni deseaba serlo, pero cada local que identificaba, cada uno de

215

los pinchazos de reconocimiento que sentía, por ejemplo, frente a Canal Street o al subir por la calle Portland en dirección a los Piccadilly Gardens, le hacían sentir la proximidad de una vida pasada que ahora podía contemplar como un enorme friso por fin acabado en el que las figuras, de tan pequeñas que eran a los ojos de quien las contemplaba, ya no suscitaban piedad, asombro o miedo; lo que provocaban en él era otra cosa, que no estaba seguro de poder explicar, pero que al entrar en los jardines –que habían jugado un papel tan importante en la primera de las acciones artísticas de su esposa, y cuya trágica historia él había conocido gracias a ella– le pareció que era la constatación de que todas esas cosas habían dejado de pertenecerle, de ser parte de su historia personal. Por el pequeño parque transitaban turistas cargados de bultos entre los que pasaba desapercibido, repartidores en bicicleta y empleados jóvenes de las oficinas más próximas, que caminaban solos o en parejas con un tarro de café caliente en una mano y el rostro crispado por la tensión: era un alivio extraordinario no tener que aferrarse ya a las viejas ideas de orden y a los cálculos que debían de permitirles continuar viviendo como lo hacían, pero responder a la pregunta de a qué se aferraba él en ese momento, pensó Edward, estaba más allá de sus fuerzas. Naturalmente, las cosas iban a cambiar, aunque sólo algunos meses más tarde; antes, al encontrarse por fin frente a su antigua casa, todo lo que Edward pudo decirse es que cuando se apartó de su vida y huyó –pero apartarse no es huir, sino ir directamente al encuentro, piensa aún bajo el parche de luz desde el que observa a los tres pequeños zorros disputándose el trozo de madera que les ha arrojado–, él no era quien se suponía que debía ser; al marcharse para averiguar si era otra cosa se había convertido en esa otra cosa, y ésta era toda su historia. No había más.

Nada había cambiado, ni el jardín delantero ni la fachada por la que Edward dejó subir la vista hasta alcanzar su antiguo piso; seguía de pie frente a la vivienda, absorto en el esfuerzo de ver algo a través de los vidrios mojados de las ventanas, que ocultaban habitaciones en sombras en las que posiblemente todavía imperase el frío del invierno anterior. Una vez había leído la historia de un hombre que, bajo el pretexto de un viaje, dejó su casa, alquiló habitaciones en la calle siguiente y allí, sin que supieran de él la esposa o los amigos y sin que hubiera ni sombra de razón para ello, vivió durante más de veinte años sólo para regresar cuando su muerte era dada ya por cierta, su herencia había sido repartida y su nombre borrado de todas las memorias; cuando hacía tantísimo tiempo que su mujer se había habituado a la viudez, una noche entró tranquilamente por la puerta, como si sólo se hubiera ausentado por unas horas, y fue un amante esposo hasta el día de su muerte. De pronto, Edward sintió un deseo intensísimo de hacer como el personaje de aquella historia, en la que hacía años que no pensaba, pero que —recordó en ese instante— le había contado a Paul en una ocasión; sin embargo, le pareció que no había nada en ella que no fuese implausible y falso. Y además pensó que, a diferencia del personaje de aquella historia, él no tenía ninguna necesidad de recuperar nada porque no había perdido nada en absoluto: todo lo que podía imaginar, incluyendo la vida que habría vivido de no haberse marchado, era real, existía junto con todo lo otro, con lo que había sucedido realmente, que no era, a sus ojos, ni mejor ni más importante; lo hacía suspendido entre la ficción y su contrario en los mapas que la mente elabora cuando se esfuerza por cartografiar el mundo, el territorio imperturbable sobre el que se proyecta nuestra insaciable necesidad de consuelo. Estaba seguro de que no había perdido nada, y rogaba que Olivia y su madre tampoco lo hubieran hecho; sobre todo, esperaba que no pensaran que lo habían perdido a él, se dijo. Y así, sin darse cuenta de cómo ni de en qué momento había comenzado, Edward se encontró rezando como cuando era niño. No pedía nada para él, pero lo que solicitaba para su mujer y para su hija era incalculable: meses y años de una vida confortable –pero no anodina ni inmovilizadora, por supuesto–, que ambas pudieran vivir de modo acorde con sus principios y sus convicciones y, sobre todo, que el pasado no cayese sobre ellas con todo su peso nunca; a él –se dijo por primera vez en ese momento– éste ya no lo gobernaba, ya no ejercía su potestad sobre él, y él por fin era libre. Nunca había deseado ninguna otra cosa, y la había conseguido; en algún sentido, ni siquiera continuaba de pie frente a la puerta de su antigua casa como en aquella ocasión en que se convirtió, sin proponérselo, en un tirano prófugo: así de lejos parecían, por fin, el pasado y su gravedad antigua. Un camión de mudanzas que había permanecido aparcado frente a la casa se puso en marcha a sus espaldas, pero él ya no estaba allí sino en el bosque, donde habitan los zorros y a veces engañan a los hombres para ponerlos a salvo de sus propios deseos. Ésa había sido su visión, había terminado, ya podía irse, pensó. Y sin embargo se detuvo un instante más al ver que alguien abría una ventana en la vivienda, más arriba de donde él había estado observando; cuando vio a Olivia –pero, más aún, cuando la mirada de Olivia se desplazó de las nubes y sus formas predecibles al sitio donde él seguía de pie y tropezó con la suya–, Edward no supo qué hacer: las agujas del reloj, que creía detenidas, habían estado todo ese tiempo girando tan velozmente, en realidad, que él había sido víctima de la ilusión de que no lo hacían en absoluto, y el pasado del que ingenuamente se había creído libre siempre lo había tenido entre sus manos, también durante todos esos años en los que pensaba que estaba alejándose de él. Pero Olivia seguía allí y Edward seguía allí también, y los dos continuaban observándose mientras el pasado se deshacía en el presente; después Olivia sonrió, se giró y llamó a alguien en el interior del apartamento, y el tiempo volvió a arrojarse sobre ellos con su habitual voracidad trayendo consigo nuevas preocupaciones y simetrías implausibles y nuevas, pero también nuevas certezas y un entusiasmo también nuevo.

EPÍLOGO

¿Cuándo llegará el momento de la toma de conciencia colectiva de que nuestros intentos actuales de compensación no hacen más que presagiar un futuro en el que ya no podremos arreglar nada? ¿Llegará ese momento? No hablo sólo del cambio climático, sino de la gracia humana, de lo que podría significar vivir en un mundo que se resistiera a la supuesta necesidad de acusar a otros, al consumo, a la búsqueda ficticia de soluciones. Hablo de lo que podría significar vivir en un mundo en el que aprendiéramos a reconocer las formas en las que estamos sufriendo individualmente y entonces nos dijéramos unos a otros: «Yo estoy sufriendo, ¿estás sufriendo tú también?».

«Repetitive Stress»,
Devin Kelly

Las dos piezas que componen *La naturaleza secreta de las cosas de este mundo* son parte de una constelación más amplia de textos cuyos personajes desaparecen, huyen, se recluyen, se las arreglan para desertar de la causa del yo y dejan atrás a los suyos, pero en ocasiones también regresan, en una «interrupción de la interrupción» en la que tal

221

vez podamos encontrar lo que queda del contenido salvífico y utópico de la Historia; al igual que el Wakefield de Nathaniel Hawthorne, el Rip van Winkle de Washington Irving, el Karl Rossman de *América* de Franz Kafka, el Harry Armstrong de John Updike, el progenitor de *Padres e hijos* de Ivy Compton-Burnett, la anciana de «Una rosa para Emily» de William Faulkner, los protagonistas de las novelas de Jack Kerouac, los de *Monte a través* de Peter Stamm y los de *Primero estaba el mar* y *Los caballitos del diablo* del escritor colombiano Tomás González, los personajes de esta novela huyen, y al hacerlo se aferran –quizá no del todo equivocadamente– a la promesa de un presente continuo en el que cada gesto sea un gesto nuevo y cada acontecimiento, el primero de su tipo: un tiempo que se componga sólo de comienzos.

En este enlace <https://bit.ly/2YWFyFi> se puede seguir el trayecto que realiza Olivia a lo largo de la primera *nouvelle* del libro; parte del atractivo de escribir acerca de la ciudad de Mánchester y su área metropolitana es que nunca he estado allí, de modo que –ésta era la premisa– podía inventármelo todo, sin las distracciones que provocan el conocimiento y, eventualmente, el recuerdo; al final, sin embargo, cierta debilidad del carácter se impuso, y las referencias a lugares, distancias y edificios están documentadas y son fieles a la verdad. La información sobre Marie-Angélique Memmie Le Blanc, la «niña salvaje» de Songy, proviene del panfleto de Marie-Catherine H. Hecquet *La niña salvaje*, y su tratamiento pudo haber sido influido por el relato breve de Marcel Schwob «La salvaje», incluido en sus *Cuentos completos*; la de los demás niños ferales está extraída del libro de P. J. Blumenthal *Kaspar Hausers Geschwister. Auf der Suche nach dem wilden Mens-*

chen [Los hermanos de Kaspar Hauser. En busca del hombre salvaje]. La discusión acerca del concepto de «verdad» a la que la policía hace referencia en su conversación con Olivia está en la obra del filósofo alemán Hans Blumenberg. La información sobre las características del trabajo policiaco de búsqueda de personas proviene del libro de Daniel Heller-Roazen *Absentees: On Variously Missing Persons* [Ausentes: sobre personas desaparecidas de diferentes modos] y, en mayor medida, del de Andrew O'Hagan *The Missing*. La idea de que la experiencia de un sentido pleno sólo es posible en el pasado proviene de un texto de Ariel Wasserman sobre *Indeleble*, el libro de la escritora argentina Paula Tomassoni; no es un pensamiento poco habitual, pero Wasserman da cuenta de él espléndidamente y aquí aparece casi sin cambios en su formulación. La frase acerca de la desaparición gradual del personaje –y la que aparece más adelante, sobre el final de Edward– salen del relato de Steven Millhauser «La desaparición de Elaine Coleman», traducido por Mauricio Montiel Figueiras.

La idea de que el arte habría alcanzado el momento de su acabamiento pertenece al libro de Félix de Azúa *Diccionario de las artes* (hay nueva edición ampliada en Debate, 2017), uno de los análisis más brillantes que he leído acerca del final del proyecto de la modernidad. La frase acerca de que nadie que esté vivo sabe lo suficiente para enseñar es una reescritura circunstancial de una frase de Ezra Pound, y la de las alianzas secretas entre generaciones cuyo autor Olivia no recuerda proviene de *Las tácticas de poder de Jesucristo* del psiquiatra estadounidense Jay Haley. La expresión sobre el corazón del hombre proviene del poema de Anne Sexton «Huye en tu asno». Que los fantasmas no pueden posarse en las hojas de papel escritas es una creencia extendida en Japón y juega un papel no menor en la obra de Shigeru Mizuki *NonNonBa*. La novela sobre la maleta de Walter Benjamin está inspirada en *Weinhebers Koffer* [La maleta de Weinheber] del escritor suizo Michel Bergmann. La última acción artística de la madre está inspirada en las famosas «siluetas» de Ana Mendieta y en otras acciones de *land art*.

§

La novela que Edward recuerda haber leído la noche anterior es, por supuesto, *Al faro* de Virginia Woolf; su llanto está inspirado en un pasaje similar de otra novela de huida, *La fuite de Monsieur Monde* de Georges Simenon. La información acerca del trabajo en los hoteles proviene del ensayo personal de Joanna Walsh *Hotel*, de la novela de Javier Montes *La vida de hotel* y de la observación directa; la relacionada con algunos de los trabajos que desempeñan Tobiah, Edward y Paul, del ensayo de Barbara Ehrenreich *Por cuatro duros: cómo (no) apañárselas en Estados Unidos* y de otras fuentes. El relato que Edward le cuenta a Paul es, naturalmente, «Wakefield», de donde proviene también la frase «En la aparente confusión», etcétera; y, más adelante, el parágrafo que comienza con las palabras «Una vez establecido el nuevo sistema»; sus dudas acerca de cómo termina la historia son producto de la ambigüedad con la que Hawthorne concluyó la suya, pero también de dos textos que la continúan, multiplicándola: «Louisa, please come home» [Louisa, por favor vuelve a casa] de Shirley Jackson y «El rincón feliz» de Henry James. La historia de la pareja que visita a un artista para que le pinte un hijo o una hija que no ha nacido está inspirada en un relato inconcluso de este último, «Hugh Merrow», del que Cynthia Ozick habla en su ensayo «Henry James's unborn child» [El hijo no nacido de Henry James]. Paul emplea en ocasiones palabras extraídas del Levítico y de los otros libros del Pentateuco. La descripción del paisaje en busca de un intérprete proviene de *Gatería* de Nino Savarese. Las últimas palabras de Maeghan a Edward son las de Betsey Trotwood en *David Copperfield*, por supuesto. La huida de Edward puede seguirse en este enlace <https://bit.ly/3pGs2n7>; su regreso, con algunas pequeñas modificaciones, aquí: <https://bit.ly/3FLW7HB>. Puede que la frase que lee Tobiah, y comienza con «En todo lo que hicimos hubo amor, pero lo que hicimos no fue suficiente», etcétera, sea una cita, pero en este momento me resulta imposible recordar de qué: el crédito, a quien lo merezca.

Las ideas sobre los zorros provienen del *Diccionario de los símbolos* de Jean Chevalier y de otras fuentes. El poema de A. A. Milne que Edward recuerda es «The three foxes», que puede encontrarse aquí <https://bit.ly/35z91vS>; el libro que compra en una tienda del Ejército de Salvación, *Edible and Medicinal Wild Plants of Britain and Ireland* [Plantas silvestres comestibles y medicinales de Gran Bretaña e Irlanda], de Robin Harford. Las últimas palabras de la novela convocan, como habrá reconocido el lector, la figura de Wakefield y el final de *Al faro*.

§

Este libro hubiera sido distinto de no haber tenido la oportunidad de leer a Maggie Nelson y a Sara Ahmed, y el libro de Lauren Berlant *El optimismo cruel*; si bien Virginia Woolf y Henry James son los autores que más visiblemente han influido en la escritura de *El orden secreto de las cosas de este mundo* –que vuelve sobre algunos de sus intereses y preocupaciones, así como sobre sus técnicas literarias–, las piezas que la componen exhiben una deuda importante con algunas de las «ideas para relatos» de Nathaniel Hawthorne; por ejemplo, estos dos bosquejos en traducción del escritor argentino Eduardo Berti:

«Una familia, que se compone del padre, la madre y un par de hijos, sale a dar un paseo y se interna en un bosque. La pequeña hija se pierde de vista entre los árboles. La llaman. Regresa al rato. Al principio ellos no advierten ningún cambio; sin embargo, poco a poco, parecen notar algo extraño. Hasta que, tiempo más tarde, llegan incluso a sospechar que no es su hija, sino en verdad una extraña, la que regresó con ellos», y

«La historia de un hombre frío y de corazón sensible que no siente ningún lazo fraternal con el género humano. Tras su muerte, tratan de cavarle una tumba; pero a escasa profundidad las palas dan contra una roca, como si la tierra se negase a recibirlo en su seno. Se lo inhuma entonces en un antiguo sepulcro donde los ataúdes y los cadáveres se han vuelto polvo, de manera que yace solo. Muy pronto el cuerpo se petrifica y parece, por su actividad y su expresión, rechazar a la sociedad desde la eternidad de la muerte, como en vida, a tal extremo que jamás otra persona será enterrada allí a su lado».

Quienes deseen conocer el epílogo de esta historia –la tercera cara de la moneda, por decirlo de algún modo– pueden visitar <patriciopron.com>, donde está disponible bajo el título «Sallie Ellen Ionesco».

§

Gracias a todas las personas que apostaron de distintas formas y en diferentes momentos por este libro y por su autor: mis padres, Fabio de la Flor, Margit Knapp, Leandro Sarmatz y Ana Paula Hisayama, Mónica Carmona, Francesca Lazzarato, Giulia Zavagna, Ricardo Rodríguez y Javier Frómeta, Rodrigo Fresán, María Lynch. Gracias a Silvia Sesé, a Lorena Bou y a todos y todas en la editorial Anagrama por ser parte de este nuevo comienzo que es también un regreso a ciertas fuentes. Gracias a Benito y a Rodolfo, que contribuyeron decididamente tanto a la escritura de este libro como a su interrupción, dependiendo de sus necesidades y de su estado de ánimo, por lo general indescifrable. Gracias a Enrique Winter, que hizo suya esta novela. Una vez más, este libro es para Giselle Etcheverry Walker, que me ve a través de una ventana extranjera «bearing down the sufferin' road» hacia ese sitio mejor al que nos dirigimos juntos.

ÍNDICE

Olivia Byrne 9

Edward Byrne 111

Epílogo. 221